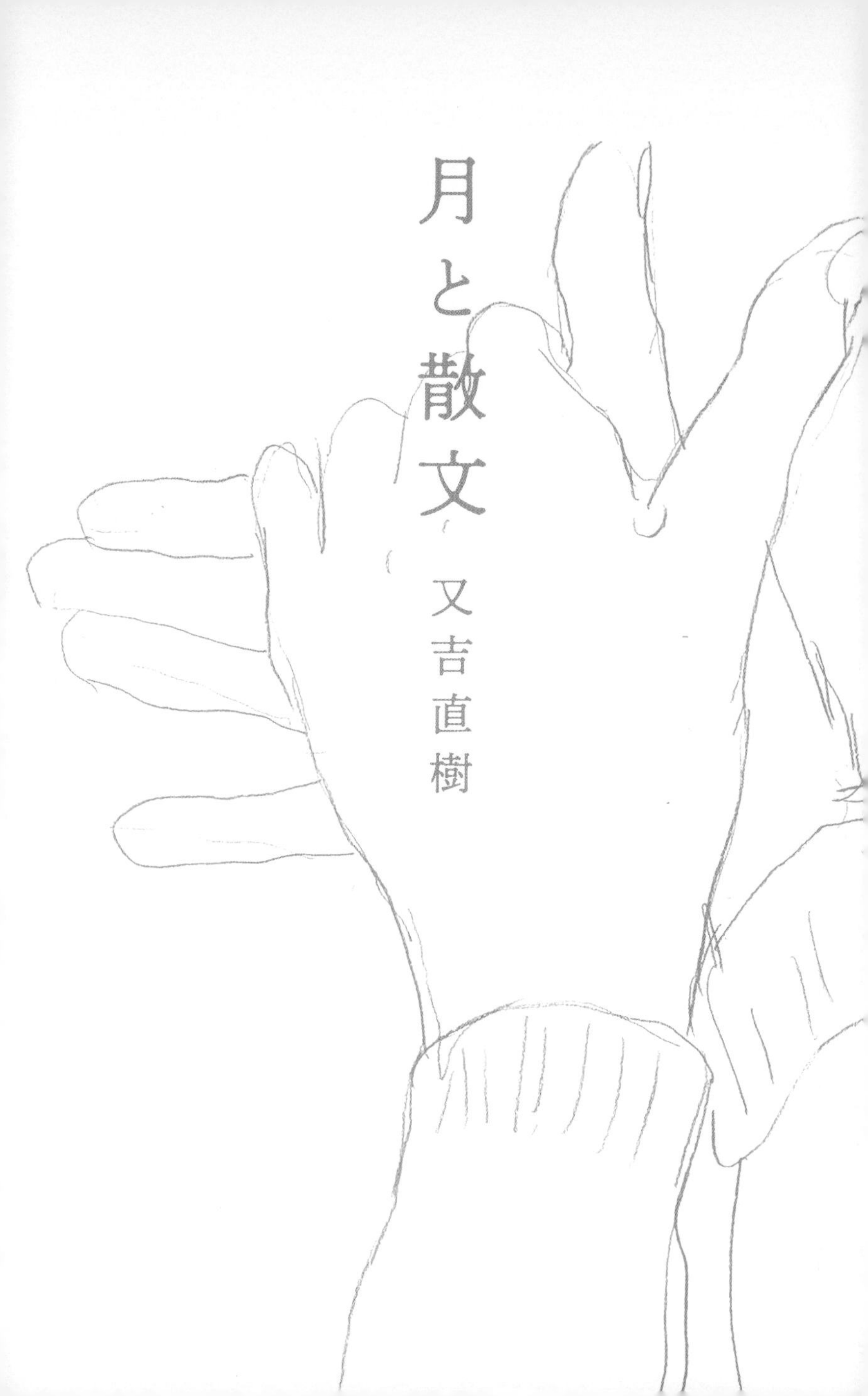
月と散文
又吉直樹

月と散文

はじめに

子供の頃、作文を書いたら両親が笑ってくれた。気の利いたことを書いたからではない。文章の至るところに「はずかしかったです」という言葉が並んでいたからだ。リフレインのように「はずかしかったです」と書かれた作文は、クラスの文集の巻頭を飾ることになってしまった。自分の実感がなぜか笑われるという事態が恥ずかしくて仕方なかった。

教室で誰かと話していても恥ずかしい。教室の端で黙っていても恥ずかしい。恰好つけても恥ずかしい。恰好悪くても恥ずかしい。存在しているだけで恥ずかしい。「恥ずかしいことなんてないよ」と励ましてくれる人の優しさが恥ずかしい。その言葉を信じようとするたびに裏切られ、羞恥の沼に沈められてきた。

泥だらけの自分が恥ずかしい。感傷に浸る自分が恥ずかしい。希望を抱く自分も恥ずかしい。恥ずかしさを指摘されることが恥ずかしい。恥ずかしさを指摘する人の傲慢さが恥ずかしい。

全ての事柄が恥ずかしいなら、特定の恥ずかしさによって、自分の欲望や言動が制限されることはない。踊っていようが、唄っていようが、なにをしていても羞恥の下では平等ということになる。

個人的な感情を吐露したり、不毛な思索に耽(ふけ)ったりすると、「そんなこと書いて恥ずかしくないのか？」と問われるかも知れない。当然、恥ずかしい。

だが、そんなことを書いたから恥ずかしいのではない。呼吸をしているだけで恥ずかしいのだ。それなら、せめて好きなことをやって自由に恥を搔きたい。自由に恥を搔くことは、阿呆になることとよく似ている。

「恥ずかしい」を「アホ」という言葉で塗りつぶすと、苦しかった時間や風景が愛しさを伴った愚かさに変化する。喋ってもアホ、黙ってもアホ、踊ってもアホ、踊らなくてもアホ、ということは、なにをしていてもアホということだ。

どうしようもないことを好きなように書く。その瞬間は純度の高い阿呆になれる。それを繰り返すと、自分が阿呆の膜に覆われていく。阿呆の膜に守護されている時だけは恥ずかしいことから解放される。阿呆の膜のなかで無呼吸の自由演技を続ける。

情けない感情や暴れ出した混乱が極まり阿呆の膜が破れると、ようやく息を吸うことができる。すると、やっぱり恥ずかしくなってしまって、また阿呆の膜を紡ぎ始めるのだ。

又吉　直樹

目次

【二月】

装画　松本大洋
ブックデザイン　関口修男（プラグイングラフィック）
星野久美子（プラグイングラフィック）
マネジメント　上田浩平（吉本興業）
持田莉子（吉本興業）
装画協力　冬野さほ
協力　堀　靖樹

満月

いろいろ失くなってしまった日常だけど

「一ツダケ、大キナ星ガ在リマス」ト、オ兄様ガ夜空ヲ見上ゲテ叫ンデイマシタ。確カニ夜空ニハ恐ロシクナルホド大キナ星ガ一ツ在リマシタ。スルト、オ母サマガ、「アレハオ月様トイウノデスヨ」ト教エテ下サイマシタ。其レガ私ト月トノ出会イデス。

キーボードの上で勝手に動いていく指を強引に止めた。文章を書くという行為を気負い過ぎて危うく実力以上のことをやろうとしてしまった。漢字とカタカナの組み合わせで文章を書いたことなどないし、僕にはお兄様などいない。育った環境や家族構成を捏造(ねつぞう)して文章を書くのは危険極まりない。

たとえ地味な生活であっても、実際に体験したことを書かなくてはいけない。夕暮れのキッチンでラップの端が見つからず、爪を立てて探したけれどそれでも見つからず、視界が暗いと感じて顔を上げたら夜になっていて、灯りを点けなくてはと考えているうちに朝が来て、いつの間にか月日が流れ、ラップに包むはずだった野菜炒めはとっくに腐敗してしまって、傷だらけになったラップをくるくると自分の手でもてあそびながら、外の世界に出たらみんな死んでいるかも知れないと考えて、それを確認するのが怖いので取りあえずはラップの端を探し続けている。

キーボードの上で勝手に動いていく指を強引に止めた。ラップの端が見つからないのは実体験だが、その後の流れはどうだろう。そんなことはなかったはずなのに、キッチンに取り残されて一人隠れるようにラップの端を探している状態にこそ実感が伴っていたりするからややこしい。本当にあったことと、自分が思ったことを切り離す作業は苦手だ。

日々、増えていく数字を目で追っていると、もう少し増えたら切りの良い数字になると感じたり、減っていく数字を漠然と目で追いながら、もう少し減ったら0になるのにと感じたりする。そこにあるのは空虚な反応みたいなものだけで、実感にはほど遠い。その増減する数字の一つ一つに物語があると考え出すと、今度は感情が膨らみ過ぎて取り返しのつかないことになってしまう。たまには適当にやり過ごすことも必要なのだ。

一人で家にいると、なにかを考えることが増えるが、独り言も増える。テレビを観ながら気が付くとニュースキャスターに対して、

「何回同じこと言うねん」

「言うたとて状態が変わらんことを敢えて言う遊びでもしてんのか」

「相槌深いけど、なんも考えてないやろ」

「わざとしょうもない駄洒落言うた後に、『失礼しました』と謝る一連の流れなんやねん」

とか、

「なるほどな、おまえのこと誤解してたわ」

などと、声に出したりしている。

最初は心のなかで思っていたが、いつからか実際に言葉を発する不気味な自分を客観的に見るのが楽しくなってしまった。

コメンテーターのネクタイが派手だったりすると、

「テレビだとこれくらい派手でも大丈夫だよと家族にそそのかされて、それにしたんやろ。別にええけど、コメンテーターが家族と過ごす時間を想像してしまって会話が頭に入らんから、もう少し物語性の薄いネクタイにしてくれるかな」

と一人でテレビに向かってぼやく。

日々の体験とそれに付随する実感があって、そこから誰かに表明する言葉を自分はどのように選択しているのだろう。

初めて僕が小説を書いた後、どこかのスポーツ新聞に「母親も名文家だった」という題の付いた記事が載った。そもそも僕は名文家などではないが、僕の高校の卒業文集に掲載されていた母の文章が良いという内容だった。その卒業文集は生徒だけではなく保護者の文章も掲載される構成だった。その記事が僕の実在する姉からのメールに添付されていたので読んだ。それは高校三年生だった僕が母を装って書いた文章だった。

　その時のことはよく覚えている。母が書いてくれた文章を学校に提出する前に読んでみると、息子への優しさが溢れていたので、とても感謝したのだが、それを他の人に読まれたくないと思った。母の文章は他の誰かに向けて書かれたようには読めなかったので、ここに書かれた言葉は自分だけのものだと感じたのだ。

　僕は母よりも自分に対して厳しい視点を持った架空の母を想像し、俯瞰（ふかん）で息子を眺めるような文章を書こうとした。そのように書けたかは分からないし、記事にあるような名文と呼ばれる類の文章ではない。それを信用できる人に清書してもらい学校に提出した。その人は「お母さんが可哀想だ」と最初は反対したが、詳しく自分の気持ちを伝えるとなんとか理解してくれた。

大人になった今では、それは善くなかったと反省している。母の優しさを踏みにじる行為だと思われても仕方がないし、信用できる人にも無理をさせてしまった。だが、僕が嬉しく感じた母の文章を他人の目に触れさせ、良いとか悪いとか思われるのが嫌だったのだ。

もっと僕が幼かった頃、母が祖母と電話で話しているのを階段の陰から隠れて聞いたことがある。

「なんかね、思ったことを見たこととして話してるみたいなんよ」と母は僕のことで悩んでいるようだった。祖母が母を励まして会話は終わったようだった。これはいけないことなのかと理解したのはその時かも知れないし、もっと前から後ろめたさのようなものは感じていたのかも知れない。その悪癖が相変わらず大人になっても残っている。

僕だけではなく、多くの人が嘘みたいな日常を生きている。誰とも話さなかった日の夕暮れに「ああ」などと一人で声を発し、自分が生きていることを確認したくなるのはそのためなのかも知れない。

「やっぱりネクタイに目がいくねん。一回忘れようと思ったけど無理やわ」

「また一人で話してるの？」

声を掛けられたので、横を見ると、妻が皿に盛った野菜炒めを机の上に置いた。

そして、「ラップの端はセロテープを使えばすぐ見つかるよ」と教えてくれた。

「そうなんや。このコメンテーターのネクタイ派手じゃない？」と妻に聞くと、「普通だよ」と言って消えた。


なにがあって、なにがないのか。ニック・ドレイクの歌声が聴こえているが、彼のレコードが流れているのは確かだろうか。『Pink Moon』の繊細な響きは現実かどうかなどという枠を取っ払って僕に浸透する。

不要不急の外出を控えるように広く呼び掛けられ、非日常が日常となり、いろんなものが失くなってしまった日常だけれど、この音と声はここにある。他にはなにがあるのだろうか。

窓の外の夜空に月は出ていて、書き掛けの散文だけは確かにあった。

鼻で息をしはじめたのは六歳の頃だった

書き掛けの文章を一旦置いて書斎の席を立ったが、長時間の散歩をするほどの余裕はなく、近所を少しだけ歩いた。部屋の灯りは点けたままだったので、さっきまで自分がいた部屋の窓が明るく灯っている。

ふと、「日」と「月」で、「明」という字が構成されているのだなと思ったが、おそらく複雑な漢字ではないので、多くの人は子供の頃や思春期の頃に、誰かに教えられたり、自分で気付いたりしているのだろう。多くの人が当然のように気付いていることを僕だけが知らないということがよくある。

僕が鼻で息をしはじめたのは、六歳の頃だった。それまでは鼻で息をしていなかった。そのことを父親に言うと、「絶対してたわ」と否定された。自分が口だけではなく鼻で息をしていたことに気付いたのが、そのタイミングだったということだ。

「生まれ方も死に方も選べないけれど、生き方は選べる」ということに僕が気付いたのは最近のことだけど、それもみんな当然のことだと知っていたのだろうか。

また、さっきまで僕がいた部屋を見上げると、その部屋に僕の影がすでにあって、「ああ、もう自分は戻っていたのか」と、これもまたみんなは知っていることなのかもなと思いながら、僕の影が待つ部屋に戻った。

生きてみよう。

喫茶店の窓際の席に座って、道行く人をなんとなく眺めながら、昔のことを思い出していた。本当は締め切りが迫った原稿を書くためにこの席に座ったはずなのに、携帯電話に保存された過去のメールを読み返し、「まだ、この時はこの人と連絡取っていたんだ」などと一人で懐かしがったりしている。メールをスクロールしていくと未送信のままになっているメールに目が留まった。それは十年以上前に書かれたものだった。

タイトルは、『前略』となっている。少しだけ読んでみると、二〇一一年に三十一歳だった頃の僕から、一九九九年の十八歳だった自分に向けて書かれた内容のようだった。これを読み返すと、また原稿は進まなくなるだろう。どうしようかと考える素振りをしてみるが、当然読むことになる。

タイトル『前略』

長文のメールになるけど、迷惑メールではないから読んでください。

僕は十二年後のキミです。疑い深いキミは信じてくれないかも知れないけれど、きっとキミの精神内部に刻まれた藤子・F・不二雄魂に作用して最後まで読んでくれることだろう。新しい携帯電話のサービスで過去にメールが送れるようになったそうだから、送ってみようと思った。取りあえず証拠を提示してみます。

今、キミは地元大阪から一緒に上京することになった原くんのお父さんが運転するバンで夜の高速道路を東京に向かって走っているだろう。中学の同級生だったキミと原くんは一緒に吉本興業の養成所に入りコンビを組む。車のステレオからは原くんが大好きなザ・ブルーハーツとミッシェル・ガン・エレファントが流れている。キミは窓の外の風景を眺め、「これからどんな生活が待っているのだろう?」と考えながら、後ろに積んだ自分の原付からガソリンの匂いが漏れていることが気になっているはずだ。臆病なキミは爆発しないか不安を感じて無口になっていると思うけど、爆発しないから安心してください。

東京に出発する最後の夜、つまりキミにとっての数時間前、キミは待ち合わせ場所である原くんの家に向かう途中で中学時代に好きだった女の子とすれ違った。女の子から、「どこ行くん？」と聞かれたキミは、「東京」と答えた。女の子は随分と驚いていた。「駅前にビデオ返しに行くねん」とか、「友達の家に行くねん」などというありきたりな返答を予想していたのかも知れない。

「たっちゃんと行くねん。漫才しに」とキミが言うと、全てを察した女の子は、「え〜！東京進出!?」と大きな声を出した。その東京進出という言葉が妙に恥ずかしかった。そんな大層なことちゃうねん。そう思いながらも、その女の子は中学二年の時に、キミと原くんが初めて教室で披露した漫才を目撃した人だったから漫才を続けることを知っていて欲しかった。それに彼女とは二人でマクドナルドに行ったことがあった。クリスマスイブの夜だった。帰り際に勇気を出して告白しようとすると、「今日、ウチと遊んだこと絶対に誰にも言わんといてな」と衝撃の一言を放たれる。キミは胸に痛みを感じながら、「そんなん言うはずないやんか」というような歪んだ微笑みを浮かべて頷いたはずだ。そんな時、「俺が好きな子の方が圧倒的に可愛い」という独特の方法で慰めてくれたのは原くんだった。

この人と会うのはこれが最後かも知れないと思っただろ？

同時にまた会えるかもと微(かす)かな期待を抱いただろ？

もう会えないよ。

信じてもらえただろうか？　僕はキミで、キミは僕で、キミの現実が僕の想い出だったりするから、なかなか説明が難しい。どうしてもキミに伝えたいことはないけれど、キミの役に立ちそうなことをいくつか書いてみます。

これから東京で芸人を目指すというのに、キミは信じられないくらいの不安を抱えている。まず自分が芸人を目指しているわりに、個性のない平凡な人間であることに対する恐怖。だが、大丈夫。なぜだかは僕も分からないが、キミは養成所の入学式から信じられないくらい変人としての扱いを受ける。キミの容貌や言動は自分が想像するよりも遥かに気味が悪いらしい。

キミは十四歳の時、京都の知恩院にある『未完の瓦』に感銘を受けましたね。完成されたものは滅びに向かって行くだけだから、敢えて瓦を重ねて未完成にしているという例のあれだ。だがキミは完成されていないという状態を良しとすることにも納得できず、悩んだ。そして、「完成して強い光を放つものは、たとえ終わりを迎えたとしても、その一瞬の強い輝きに永遠が宿るんじゃないか」という考えに至る。それこそが恰好良いんじゃないかと思った。

そして、コンビ名を『線香花火』としましたね。一部から線香花火という名前は、「縁起が悪い」と指摘される。一瞬に永遠が宿るのに縁起が悪いというのはどういうことだろうと疑問に思ったキミは、広辞苑を引いてその意味を調べることになる。そこには、「一時的で、すぐに勢いのなくなるもののたとえ」と書いてあり驚くことになる。若手芸人が最も付けてはいけない名前だった。

　キミは数年後、初めての単独ライブで、「永遠に続くものほど退屈なものはない」という言葉を掲げ、同じようなことを言っている芥川龍之介の『或阿呆の一生』の一節を絶叫してライブの幕を開ける。それは、お客さんに全くウケないから止めた方が良い。言霊の仕業か、ほどなくしてキミ達は解散する。キミは芸人を辞めて京都でお坊さんになりたいと考えるが、周りに止められる。キミは止めてくれて良かったと思う。その止めてくれた少し胡散臭そうな人が新しい相方になる人だ。

　新しいコンビで活動を始めても、相変わらずキミは、「一瞬の輝きを掴み取りたい、そこに永遠は宿る」ということを信じ、人生に於いて「絶景」と呼べる、風景や状況を求め続けている。だが、未来のキミが思う「絶景」は少しずれているのか、もしくは余りにも平凡なのか、今のところ大きな共感は得られていない。

色々と書いてみたが、創作に関しては、キミが思うようにやれば良い。
あと、職務質問は協力的に対処した方が早く終わる。バイトに受からないから坊主刈りは止めた方がいい。東京には古本屋が沢山あるから、沢山本が読める。人にお金を借りてはいけない。サッカーは諦めろ。恋愛は全て上手くいかない。汚い靴は置いといても履かないから捨てろ。人の悪口を言う暇があるなら自分のことをしろ。トリートメントしても無駄だ。人のせいにしても無駄だ。調子に乗るな。解散しても原くんとはまた会うことになる。風邪の初期症状が出たら薬を飲め。街で声を掛けてくるのは宗教の勧誘と悪質な物売りだから全部無視しろ。幾度となく面白くないと言われるが気にするな。悲観しても良いから止まるな。信じられないくらい人に裏切られる。自分が人を傷付けることもある。だが時間がもったいないから人を恨むな。人を羨むな、おまえはそんなもんだ。期待も絶望もするな。ノストラダムスの大予言は当たらないから大丈夫。東京はキミを随分と苦しめるが、最高と思える夜も必ずある。

と、メールを作成したが、送信ボタンは押さなかった。未来が変わってしまう可能性があるからだ。僕は、『バック・トゥ・ザ・フューチャー』を三回以上観ているからね。そんなことをしていると誰かからメールが届いた。未来の僕からだった。どうやら、未来は楽しいことが沢山あるらしい。いっぱいデートできるらしい。生きてみよう。

なるほど。これが、十一年前の自分の感覚なのか。二〇二二年四十二歳になった僕が、二〇一一年に三十一歳だった自分にメールを送るとしたら、どんな内容になるだろう。

草々

物件情報を眺めていた若い二人

若い二人が不動産屋の前で物件情報を眺めていた。二人で暮らす部屋を探しているのかも知れない。店内で直接話を聞かないということは、まだ付き合って間もないのだろうか。それとも長く付き合っていて結婚に向け同棲を始めるのだろうか。あるいは新婚で引っ越しを考えている可能性もある。

「ここに洗濯機を置いて……」と弾むような声が聞こえてきた。僕は二人と不動産屋の入口を挟んで逆側に貼られた物件情報を一人で見ていた。僕が物件情報を眺めているのはただの趣味に過ぎず、今のところ引っ越す予定はない。夜の散歩で知らない街の物件情報を眺めるのがたまらなく好きなのだ。二人の会話が止まったので、そちらの気配を探ると僕が立っている場所に貼られた物件情報を見たいが、変な男がいるので近付けないという雰囲気が分かりやすく伝わってきた。慌てて二人が立っていた側に大回りで移動すると、二人は僕を避けるように小回りで僕がいた場所へと移動した。互いに息を合わせた演舞のような動きになり、不動産屋の前に目には見えない渦ができた。

だが、「なんか妙に息が合っていましたね」などと笑顔で話し掛けたりはしない。そんなことをしても二人を怖がらせてしまうだけだから。二人から再び幸せそうな会話が始まったので安心して、その場を立ち去った。

五十メートルほど歩いて別の不動産屋の物件情報をまたゆっくりと眺めていると、少し離れた場所から先程の二人が僕を見ていた。僕がどこかへ行くのを待っているのだろう。そうか、二人が本気で物件を探しているのだとしたら、この後も趣味で手当たり次第に物件情報を見て回る僕と二人のルートが重なってしまうことになる。二人の邪魔はしたくないので、その街を後にした。


芸人という職業柄、部屋を借りるのは簡単ではない。若い頃は不動産屋を訪ねても門前払いを食うことも珍しくなかったし、芸人と記入しただけで、「あっ、芸人さんですか？この物件のオーナーは高齢なので会社員か学生さんじゃないと厳しいです」と言われたこともある。芸人と書くよりアルバイト勤務と書く方が審査に通りやすかったりもする。それでも何度も審査で落とされた。沢山書類に記入してようやく決まるという寸前で駄目になった経験もある。「じゃあ、他の物件を……」と遠慮がちに口にして、不動産屋が、「……この条件だと厳しいかも知れませんね」と事実上の、「もう来ないでください」を申し渡されたことさえある。

大家さんの立場から考えると当然のことでもある。家賃が滞納されるリスクは少ない方が良いので会社員の方が安心だし、フリーターよりは学生で親が保証人だったりした方が分かりやすい。学生なら卒業と同時に退去する可能性も高い。部屋が空いている期間が短いなら、入居者が数年置きに変わることを好むオーナーも多いそうだ。

芸人だと家賃を滞納する可能性もあるし、芸人仲間を部屋に呼んで毎晩騒ぎそうな印象もある。実際にそういう経験を経て審査に慎重になった大家さんもいるだろうから、責めることはできない。当時、僕の周りの芸人のなかには、吉本興業の社員と偽り部屋を借りている人もいた。嘘を吐かないと東京で暮らせない存在ってなんなのだろうか。

深夜のコンビニでアルバイトをしていることを不動産屋に伝えると、「お昼にお勤めの人が多いので、この物件は壁が薄いし夜の仕事は駄目なんです」と言われたこともある。屁理屈を述べるつもりはないが、深夜のコンビニ店員だって働いていることに違いはない。昼間に働いている方からすれば、夜中に物音がすると気になるだろうし、睡眠の妨(さまた)げにもなってしまう。しかし、深夜勤務のコンビニ店員にしてみると、長い夜が終わり、ようやく朝が来て、自分の部屋で眠りに就いたところで、隣の部屋の住人が朝のテレビを流す音やドライヤーで髪を乾かす音を聞かされているのだ。電車や車が走る音、子供達の通学する声、選挙カーのマイクの音、それら街の音が短い眠りのなかで見る夢に容赦なく混入してくる。だが、朝や昼の街の喧騒に怒りを示す人はあまりいない。

「僕が夜に働いているから仕方がないのだ」と諦め、自分の責任にして消化してしまう。本当にそれでいいのだろうか？　我々は深夜営業の利便性を日常的に享受しながら、そこで働く人々の日常に対しては不寛容なままだ。僕の場合は自ら芸人という職業を希望して好きなことをしている側面があるので、部屋を借りにくいという状況も楽しみながら乗り越えようとは思っていたけれど、やはり嘘を吐くのが嫌なので職業も収入も正直に示したうえで住める家を探すことになる。そうなると風呂なしで、トイレ共同というような条件の物件しか残っていないのだ。

そこで暮らす人には様々な種類の人がいた。道で遭遇すると玄関を通り過ぎて、ここには住んでいませんよという表情を浮かべる人。申し訳なさそうにアパートの目前で立ち止まり隠れてしまう人。開き直って堂々と念仏を唱えながらアパートに入っていく人。

僕は申し訳ない気持ちで生きるのが嫌だったので、真夏の暑い時期や真冬の寒い時期こそ大変ではあったが、風呂なしアパートに住んでいる方が精神的には楽で過ごしやすかったのかも知れない。どんな人がいても許されるアパートなのだから、僕みたいな存在が暮らしていてもいいという気分。

そんなアパートで暮らすまでは部屋のなかでは息を殺していたし、部屋から出る時には玄関の前で外の気配を窺い、大家さんや隣人と絶対に会わないように気を遣って暮らしていた。大家さんが廊下の掃き掃除をしている時など、遅刻すると分かっていても怖くて外に出られなかった。家賃を滞納しているわけでもないのに、なぜか自分が存在していることに後ろめたさを感じていたのだ。

そんな記憶を思い起こしながら、次の駅まで歩いた。駅前の不動産屋を見つけて立ち止まる。もちろん物件情報を見るためだ。若い二人が同棲するような部屋を探す。家賃は十万円以内に抑えたい。駅まで徒歩八分なら余裕で歩けるだろう。部屋が二つあると喧嘩した時に仲直りするのが難しくなるかも知れない。窓からは月が見えるだろうか？

同棲する恋人同士に、部屋を貸すことを渋るオーナーがいるという話も聞いたことがある。別れた際に一人が部屋を出ていき家賃を滞納してしまったり、二人とも転居してしまうリスクがあるためらしい。そのため保証人や保証会社を立てるのだけれど、それでも審査に落ちやすい。そのように選択するオーナーの考えもとてもよく分かるのだけれど、それによって若いカップルが別れる確率を高めているとしたら、バカな話だ。

不動産屋の前で物件情報を眺めていた若い二人が、無事に部屋を借りられることを祈る。

どこでも眠れる

夜中に強い揺れを感じた。しばらくすると揺れが収まったので、そのまま仕事を続け朝方に帰宅した。

マンションのエントランスを抜けてエレベーターのボタンを押したが、反応しなかった。高層マンションではないので非常階段で自分の部屋を目指すことにしたのだが、非常階段からフロアに入るドアが施錠されていた。セキュリティーがしっかりしていて安心だな、これだと泥棒も侵入できないぞと感心している場合ではなかった。ここの鍵も契約時に渡されていたが、何年も使う機会がなかったため部屋に置いたままにしていた。このままでは自分の部屋に入れない。

仕方がないのでホテルを探すことにしたが、昨晩の強い揺れで電車が止まっていたのだろうか、何軒か電話を掛けてみたが空いている部屋はなかった。仕事場に戻ろうかとも考えたが、力尽きて家に戻って来たところだったので一刻も早く眠りたかった。僕は限界が来たらどこでも眠れるという特技があるので、久しぶりに公園で眠ろうと思った。

二十代の頃、部屋が暑くて眠れない時は公園で寝ることもあったのだ。近所の公園に行くと眠れそうなベンチはあったものの、ハトが多くて気味が悪かった。それに公園の脇の道は通学路だったので、寝過ごした場合に眠っている自分の横を数百人の児童や学校関係者が通って行くことになる。その光景を想像すると怖くて実行できなかった。


僕には苦い経験があった。二十歳の時、地下に吉本の養成所が入っていたビルの一階と二階の踊り場で休んでいるうちに眠ってしまい、通報されるという大失態を犯していたのだ。朝方、大勢の会社員が僕を避けながら階段を上がっていく足音によって、ようやく目覚めた。僕はハッとして上半身を起こすと、「動くな！　そこで寝ていろ！」と何者かに恫喝され数枚の写真を撮られた。その時は警察だと思ったが、後から聞くとそれはビルの管理会社の人だったらしい。もう起きているのに無理やり寝かされ、証拠写真を何枚も撮影された。宇宙人がオフィスビルで捕獲されたらこんな目に遭うのかも知れない。

当時、養成所の教室が夜中には若手の稽古場になっていたので、終電が過ぎた後には稽古場や廊下で誰かが眠っている姿は珍しくなかったのだが、僕が寝た場所が悪かった。一番後輩だったので先輩の前で眠ることを躊躇い、目立たないように一階と二階を結ぶ階段の踊り場で休んだのだ。深夜にそこを通るのは僕を含めた底辺の若手しかいなかったので、勝手にデッドスペースだと思っていたのだが、朝から夕方に掛けて勤務する二階の会社の人達は、当然のようにこの踊り場を経由して出入りしていたのだ。

後日、本社に呼ばれて吉本の社員さんに叱責されたが、完全に僕に非があったので心から謝罪した。社員さんが怒っている点は、僕が踊り場で撮影された写真に灰皿が写り込んでいたことだった。そこは煙草を吸ってはいけない場所だった。

「ビルの管理会社の人間がおまえのこの写真を持って来て、出ていけって言うてるぞ。なんで、こんなところで煙草吸って寝てたんや」

「寝ていたことは事実ですが、僕は煙草を吸ったことがないです」

「えっ？　おまえ煙草吸わへんのか？」

「はい」

「ほな、この灰皿とおまえは関係ないやんけ」

「はい、出社して来たみなさんの足音で目が覚めまして、すぐに起きようとしたのですが、『動くな、そこで寝ていろ』と恫喝されまして、何枚か写真を撮るうちに僕の頭上に灰皿を置かれました」

「ほんまか？　無理やり寝かされて灰皿を置かれたんか？」

「はい」

「ほんなら、嘘の写真やんけ？」

「寝ていたのは、事実です。始発の時間に起きようと思ったのですが、寝過ごしてしまいまして。でも煙草は吸わないです」

「寝てたのはあかんけど、それなら話変わってくるなぁ。事情は分かった。以後気を付けるように」

そのような会話があって僕は解放された。帰り際、社員さんは封筒を僕に手渡して、「これポストに投函してきてくれ。怒ったからって、その辺に捨てんといてくれよ」と笑いながら言った。もしかしたらクビもあり得ると思っていたので安心した。

その数ケ月後に養成所が引っ越すことになった。先輩達の、「前の養成所の方が場所良かったよな」という会話が聞こえてくるたびに、自分の責任だと知られたらどうしようと怖くなった。実際、僕が踊り場で寝ていたことが引っ越しの原因かどうか確認したわけではないが、その可能性が高い。

どこでも眠れるからといって、どこで眠っても良いわけではない。自分のマンションに戻り、エレベーターのボタンを押したがやはり反応しなかった。エントランスで上の階の住人と会ったので、エレベーターが停まっていることを確認し合い、非常階段の鍵がないことを伝え、業者が来るまでエレベーターホールで眠らせてもらう旨を伝えた。上の階の住人さんは「仕方がないですもんね」と言って、一旦はエレベーターから離れたがすぐに戻ってきて、「うちのソファーで寝てください」と誘ってくれた。何度か辞退したがエレベーターホールで眠るのも同じくらい迷惑だろうと思ったので、結局はソファーをお借りすることにした。疲れていたのでよく眠れた。

「又吉さん驚くかな?」というお子さんの声が聞こえて、かなり時間が経ったことが分かった。だが、どのタイミングで起きればいいのか分からなかったので眠ったふりをした。お子さんが玄関になにかを飾っているようだったので、それがなにかは分からなかったが絶対に驚かなければならないと思った。もう少し様子を見ようと思い目を閉じると、また少し眠ってしまったようだった。今度はエレベーターホールで声を掛けてくれた男性が起こしてくれて朝食を勧めてくださった。こんなにも優しい家族が上の階に住んでいたのだ。リビングに移動する途中、玄関の前を通ると壁に紙で作ったハロウィンの人型のなにかが貼られていて普通に驚いた。

「あっ、これがさっきお子さんが言っていたやつか」と気付いた時には、リビングに着き椅子に座っていた。こんなにもリアクションが薄い自分のことを情けなく思ったことはない。

美味しいお味噌汁をいただきながら、なぜだか分からないけれど、『ペーパームーン』という映画に出ていた小さな女の子の表情を想い出した。

自動車の運転免許が欲しい

ゾンビ映画を一人で観ていた。映画の主人公も僕と同じような体勢で呑気（のんき）にテレビを観ている。主人公が暮らす山小屋のような部屋の外で葉が揺れる音がする。主人公は「なんだろう？」と一瞬だけ気にするが、自分勝手に「風だろう」と解釈して、またテレビに視線を戻す。

「バカ野郎、死ぬぞ」と僕は主人公に忠告してやりたいが、映画のなかの彼に僕の声は届かない。不穏な音楽が流れ始める。

「ほらな」と僕の頭には諦めに似た言葉が浮かぶが、その不穏な音楽を登場人物である彼自身が聞くことはできない。

彼のことを思えばこそ、言いたいことは沢山ある。なぜ山小屋みたいな場所に住んでいるのか？　なぜ一階で寛いでいるのか？　なぜ一人でテレビを観ているのか？

彼が高層マンションの二十七階に住んでいたなら、このゾンビ映画の主人公になることもなかったのに。仮にゾンビが高層マンションのエントランスまで辿り着いたとしても、オートロックの扉に引っ掛かり、他の住人がマンションに入るタイミングでしかなかに入れなかったはずだ。

山小屋のような部屋の壁になにかがぶつかる音がする。主人公は窓の外を気にする。

再び、今度はもっと激しい音がする。

ここで主人公はテレビの電源を切る。

そんなに簡単に視聴を停止できる番組ならば、彼はもっと早くに観るのを止めるべきだった。

彼は立ち上がり、窓の外を確認するためカーテンに手を伸ばす。その瞬間、窓が派手に割れてゾンビの上半身が部屋で暴れる。

彼は叫び声を上げ、近くにあった椅子を手に取り、ゾンビの顔面に投げつける。ゾンビは後ろに倒れるが、その背後には無数のゾンビが大挙している。彼はダイニングテーブルを強引に引き寄せ、ゾンビが入れないように窓をふさぐと、暖炉の側にあった斧を手に取り、玄関まで走る。

だが、玄関の外からも得体の知れない呻（うめ）き声とドアを叩く音が聞こえているので、慌てて裏口に回る。彼は外に出ると駐車場に停めてあった車に勢いよく乗り込む。鍵穴にキーを挿し込み、回転させる。だが、車はクスクスクスと彼を嘲笑うかのように高い音を立てるばかりで、エンジンが掛からない。車がゾンビの集団に囲まれる。これ以上、囲まれてしまうと車が発進できなくなる。

ギリギリのところで太いエンジン音が鳴る。車は後退し弧を描くように、その場から離れていく。彼は辛うじて命を繋いだ。

ちょっと待って。俺やったらここで死ぬやん。免許持ってないもん。乗り込む車も持ってないし、人の車に乗れたとしてもキーを挿し込む場所を探すだけで一分は掛かる。ハンドルの右下か左下になかったら、もっと時間掛かる。エンジンが掛かったとしても、その後どうしたらいいか分からん。一応、ハンドルは握ってみるけど、そもそも人生でハンドルを握った経験が、デパートの屋上のパンダの乗り物くらいしかない。あの乗り物は乗車する全ての人間をスローモーションの笑顔にする素晴らしいもんやけど、スタート地点からゴール地点まで二十七歩くらいしか動かんかったし。もたもたしてるうちに大量のゾンビに囲まれてしまうやろう。車を囲むゾンビ達も半分以上は運転免許を持ってるやろうに、情けない。まだ人の感覚が少し残ってるゾンビに「こいつなんで車走らさへんねやろ?」

と思われたら恥ずかしい。

ゾンビ映画の主人公は車で安全なところまで逃げ切り、知り合いの家に向かっている。

その時、僕の家の窓になにかがぶつかる音がした。きっと、風だろう。ゾンビ映画に集中する。再び、今度は先程よりも激しい音がする。僕は映画を停止して、外を確認するため閉めてあったカーテンに指を掛けた。その瞬間、ゾンビが窓ガラスを割って、頭から部屋に突っ込んできた。ゾンビは倒れたまま床にぶつけた自分の肘を見ている。逃げるなら今しかない。

でもちょっと待って。高層マンションではないけど部屋は三階やで。一階で悲鳴上がって徐々にゾンビの脅威が近付いてくるなら納得できるけど、なんで初めから狙い定めてたみたいに飛び込んできたんやろ。

靴を履いて階段を駆け降りる。二階に住む家族の部屋からは楽しそうな笑い声が聞こえている。

ふと、「さっきのゾンビ一体だけなんかな?」と思う。そうやとしたら、はぁはぁ息吐きながら階段駆け降りたん無茶苦茶恥ずかしい。マンションの外に出て、一旦落ち着いてみる。

そしたら、やっぱりゾンビが何体か角を曲がって来たので、「そうやんな」とつぶやいて走り出す。

僕だけがゾンビに追われているのかも知れないし、みんな追われているのかも知れない。まだ分からないから、とにかく走って逃げる。

僕は運転免許を持っていないから、走って逃げるしかない。こんなことなら運転免許を取得しておくべきだった。教習所にはヤンキーが多いイメージがあり躊躇ってしまったのが間違いだった。ヤンキーなんてゾンビと比べたら全然怖くない。後悔しても仕方がないが、運転免許を巡る取り返しのつかない過ち(あやま)が次々と脳裏に浮かぶ。

十代の頃に付き合っていた恋人が合宿で免許を取ろうとしていたのを、猛反対の末に阻止したことがあった。「合宿なんて、免許取りに行くとこやなくて、恋愛しに行くとこやから」と嫉妬に駆られた僕は根拠のない理屈で彼女を責めた。僕のような身勝手な男と別れた後、彼女は運転免許を取得できただろうか。もしも彼女がゾンビから走って逃げているとしたら、罪悪感に押し潰されてしまいそうだ。

僕は、本当は誰よりも運転免許が欲しかった。二十代の頃はどうだった?

二十代の頃にお付き合いしていた恋人とは、一度もデートをしたことがなかった。そんな僕の恋人を不憫に思った後輩が「ドライブに行きましょう！」と誘ってくれた。僕と恋人と二人の後輩で、夏の夜に湘南を目指すことになった。運転席と助手席に後輩が並び、僕と恋人は後部座席に座った。好きな音楽を聴きながら車は海を目指して走っていった。

湘南の海に辿り着いたものの、やることがなかった僕達は砂浜に寝転び星を見ていた。初めてのデートで恋人は浮かれていたのだと思う。僕達と空の間を一匹の蛾が素早く通り過ぎると、恋人が「あっ、流れ星だ」と言った。すぐに僕は「いや蛾やで」と訂正したが、二人の後輩達は「流れ星ですよ！」と恋人の錯覚を暴力的に尊重した。後輩達の優しさは有難かったが、ここまで付き合わせているという意識が僕から余裕を奪っていた。

僕が運転免許を持っていて、二人で砂浜に寝転んでいたなら、蛾の大群が旋回しようとも、「流星群だ」くらいのことは言えたかも知れない。

運転免許が欲しい。僕は車を運転できないから、ゾンビから走って逃げるしかない。次々と車が僕を追い越していく。僕はゾンビのような顔をして走り続けている。

あの人達もコンビなんかな

十八歳の時、吉本興業の養成所に入るために面接を受けた。まだ、大阪から上京する前だったため、東京のことはなにも分かっていなかった。中学時代の同級生と路線図を入念に確認しながら電車を乗り継ぎ、なんとか面接会場である赤坂まで辿り着いた。電車に乗っていると、自分達以外の二人組がやたらと目についた。

彼等も我々と同じように養成所の面接を受けるのだろう。まだ芸人ではないコンビというものを自分達の他に見たことがなかったので、不思議な気持ちになった。

面接を終えた後の帰り道は感覚がおかしくなったのか、二人組を見掛けると全員がコンビのように見えた。面接の会場だった赤坂から離れてもその視点が消えず、三鷹のスーパーにいたスウェット姿のカップルさえもコンビに見えた。

「なんか二人組見たらあの人達もコンビなんかなと思ってまわへん？」と同級生に聞くと、「俺もずっとそうやねん」と笑った。

あれから二十年以上経ったが、未だに大きな賞レースをテレビで観た後だけは、なぜかあの時と同じような感覚になる。喫茶店で語り合う若い二人も、公園のベンチに座る二人組の学生も、ガソリンスタンドで談笑している店員も、疲れ切ったファミレスの二人も、早朝に近所を散歩する老夫婦の後ろ姿さえも、コンビのように見えるのだった。

花の家

　家賃二万五千円のアパートに住んでいた頃に、七千円の黒い花瓶を買った。仕事の合間に立ち寄った雑貨屋で目にした瞬間、それだけが特別なものであるように感じられた。花瓶を両手で持つと見事に僕の手に納まった。生まれた時から持っていたかのように馴染んだ。手触りも重さも形も、黒を引き立てるための控えめな土色の線も、全てが良かった。

　ルイ・アームストロングがトランペットを手にした瞬間は、聖徳太子が木簡を手にした瞬間は、ルパン三世がワルサーP38を手にした瞬間は、このような感覚だったのかも知れない。この花瓶を絶対に欲しいと思った。

　だが、七千円の花瓶は、僕の暮らしには不釣り合いなほど高い。計画的に貯金をしてから買った方が良いのではないか、でもお金が貯まった時にはもう売れているかも知れない。迷った僕は、店の片隅で花瓶を手に持ったまま動けなくなった。

　後から聞いたのだが、そこを通り掛かった相方の綾部が、ガラス張りの店内で花瓶を手に停止している僕を目撃していたらしい。カフェでコーヒーを飲み、もう一度店の前を通るとまだ僕が同じ場所で花瓶を手に持ったまま固まっていたそうだ。自分ではどれくらいそうしていたのか分からないが、三十分くらいは花瓶を手に持っていただろう。結局、その日のうちに花瓶を購入した。

店員さんに、「プレゼントですか?」と聞かれ、自分の花瓶であれだけ悩んでいたことが急に恥ずかしくなって、「はい」と嘘を吐いてしまった。店員さんは、「喜ばれると思いますよ」と笑顔を浮かべてラッピングまでしてくれた。恰好良い花瓶と素敵な店員と嘘吐きの客。

「もう喜んでいます。家に帰って自分にあげるのです。不気味でしょ? あなたが綺麗に仕上げようとしているこのラッピングですが、実は僕が家に帰って自分で開けるんですよ。紙を破かないように両手を使ってテープを丁寧に剝がします。ラッピングさえもきっと返品できますよ。この花瓶を置く僕の部屋ですが、どんな部屋だと思いますか? 居酒屋の二階にある古いアパートでして、風呂もエアコンもないんです。トイレは共同なんですよ。トイレ掃除は僕がやるんです。それで家賃を五千円安くしてもらっているんです。窓を開けても空なんか見えず、隣家の汚い壁です。壁の染みが悪魔みたいに見えるんですよ。

はっきり言って、この花瓶は僕の部屋だと浮きます。僕の部屋にある本と服とCDを廊下に出してしまったら、もう部屋にはろくなものが残らないんです。僕も含めてその部屋をぎゅうっと小さく纏めて花瓶の形にしてもこの黒い花瓶には敵わない。分かりますか。そんな花瓶が部屋にあったら嬉しいじゃないですか。花瓶だけでも嬉しいのにそこに花を飾れるんですよ。そうか、花瓶は花の家なんですね。僕の家は古いアパートだから、この花瓶では暮らせない。どんな花がこの花瓶で暮らすことになるのでしょうね。楽しみで仕方がありませんよ」

と考えているうちに綺麗に包装された花瓶を店員さんから受け取った。帰りに花屋で梅の花を買った。桃だったかも知れない。あの夜、花瓶に生けた花を眺めていた僕がどれだけ幸福だったか。

それから十五年後にそんな大切な花瓶を友人が割った。友人の名は難波麻人という。中学からの同級生で、サッカー部でも共に競い合い、励まし合った。互いに高校卒業後は芸人になり、東京と大阪で環境は違えども、やはり共に競い合い、励まし合ってきた。難波は店をやっていて僕もよくそこに出入りしていた。店に僕しかいないことも頻繁にあった。

「カウンターに花がないとあかんで」と僕が提案すると、「なるほど」と難波は花を置くことにした。後日、その花瓶を僕が店に持って行き、難波が毎週その花瓶に花を生けるようになった。僕はよくその花瓶の前の席に座り酒を飲んだ。十五年経つうちに家には花瓶が増えていたけれど、その花瓶に対する思い入れが特別に強かったので、それを信頼できる友人に託したのだ。

ある夜、店に行くとその花瓶ではなく形だけがよく似た濃い灰色の花瓶に花が飾られていた。照明が暗い店なので、その花瓶だけが仄(ほの)かにぼやけていた。いつもあったはずの必要な密度がそこになかったのだ。その瞬間、僕は全てを了解した。

どえらいことしてくれてるやん、と思ったが、もう大人だし大切な友人なのでそんなことは言わない。「あれ、花瓶割れたん?」といつもより高めの声で聞いてみた。難波は同じくらい高い声で、「そうやねん」と答えた。

「そんな薄い花瓶で騙(だま)せると思ったん?」

「いや違うやん。後で言おうと思っててん」

「おまえが割ったんやな?」

「俺というか、花の重みで倒れたというか」

「おまえやな」

「まぁ、そういう考え方もできるんかな」

「花瓶割ったのに、さっき楽しそうに笑ってたんや」

「いや、それはええやん」

「最期、どんな感じやったん？」

「なにが？」

「花瓶の最期。立派やった？」

「まぁ、そうやなぁ」

「そっか」

というような会話を交わした。花瓶はいつだって壊れる可能性があるものだし、長く大切に使ってきたし、店に勝手に持って来たのは僕なのだから、これ以上難波を責めることはできない。難波とは、花瓶を割ったという内容の文章でなければ親友と書くくらい関係が深い。花瓶を割られた人と割った人とではどちらが辛いのだろうか。難波も言いにくかったことだろう。

「また好きな花瓶買ってくるわ」と僕が言うと、難波は「うん」と申し訳なさそうな態度が出過ぎないように言った。もう責めない。もう責めないぞと思うのだけれど、つい注文する時に、「あっ、花瓶割った人。おかわり」などと言ってしまう。難波は「誰が花瓶を割った人やねん」と応える。その夜くらいは花瓶のことを考えていたかったのかも知れない。

エレファントカシマシの『月の夜』を聴いていたら、花瓶の葬式みたいになった。

この夜の話も伝説みたいに語られるんかな？

十年以上前に僕が酷く落ち込んでいたことがあった。とはいえ、慢性的に憂鬱な気分を引きずって日常を過ごしていたので、特に珍しいことではなかったのかも知れない。

とても寒い夜、ライブ終わりにパンサーの向井と二人で居酒屋に入った。なにをしても上手くいかず、鬱屈とした感情をどのように散らすかばかり考えていた。風呂もエアコンもないアパートに一人で帰ってもどうしようもないだろうから、なんとかそこから抜け出す手掛かりを探っていたのだと思う。

向井は困りながらも、僕を元気付けようといろいろな話を聞かせてくれた。そのなかでも矢沢永吉さんの逸話が特に印象に残った。

矢沢さんはシャワーのある会場でしかライブをやらないらしい。だが、なにかの手違いでシャワーが設置されていない会場で矢沢さんのライブが開催されることになってしまった。なんとかシャワーを用意しなければならない。

「シャワーを準備するように」という指令はどんどん上から下へと降りていき、最終的には本番まで時間がないという状態で、一番若いスタッフに託された。若いスタッフは途方に暮れながらも子供用のプールにお湯を溜めるという方法を取った。客観的に聞いても愚策だ。そこに矢沢さんが入るとは思えない。先輩達は自分で解決策を用意することなく投げっ放しにした癖に、若いスタッフのことを酷く責めた。若いスタッフ自身も怒られてクビになることを覚悟したらしい。

そして本番を終えた矢沢さんが楽屋に戻ってきた。矢沢さんは、その湯が溜められた子供用のプールを眺めながら、「これ、用意したの誰?」と言ったそうだ。若いスタッフが緊張しながら、「自分です」と答えると、矢沢さんは「俺、キミの仕事一生断らないから」と言ったらしい。矢沢さんは、自分が必要とするシャワーでも風呂でもないものを見て、不満を述べるのではなく、難しい環境でできる限りのことをやろうとしてくれたのだなと瞬時に理解したうえで、「キミの仕事一生断らないから」という最大級の賛辞をもって若いスタッフを讃えたのである。

この話が事実に基づくものかどうかは分からない。もしかしたら矢沢さんとは一切関係がない話かも知れないし、尾ひれが付いて話が大きくなっているかも知れない。そもそも全てが作り話だという可能性だってあるだろう。だが実に矢沢的というか矢沢永吉という人物ならあり得る話として僕には響いた。それが別に嘘でもよかった。それを信じさせるだけの活動を続けてきた表現者としての矢沢永吉さんを凄いと思ったのだ。

とても良い話だったけれど、その凄さに僕は打ちのめされてしまい、それと比べて一向に成り上がれない自分がさらに惨めに思えてしまった。「かっこいいな」と何度も繰り返す僕を見て、さらに深く自分の世界に入ってしまったことを向井も敏感に感じ取ったようだった。向井は明る過ぎず、暗過ぎない絶妙な語り口で言葉を続けていた。

他のテーブルから笑い声が聞こえるだけで自分が笑われているような気持ちになった。私が店員さんを呼ぶ声は店内の騒めきによって掻き消され、慌てて向井が、「すみません」と店員さんに呼び掛けるとすぐに反応があった。自分だけが疎外されているという感覚に襲われる。お店で働く笑顔が素敵な店員さんを見ていても切なくなった。

「あの店員さん一生懸命でかわいいな。それに比べて俺は……」

「いや、又吉さんだって……」

その後の向井の言葉が続かなかった。喋りが達者な向井でさえもという思考に陥ってしまう。

「そろそろ帰ろうか？」

「……はい。あっ、又吉さん先に出て少し待っていてください」

「うん……」

向井に促されるまま、会計を済ませて外に出た。お酒を飲んで身体は温まっていたけれど、それでも外は寒かった。しばらくして向井が笑顔で出てきた。

「又吉さん、あの店員さんの連絡先聞いてきました！」

僕の知る限り、向井は警戒心が強く無闇に知らない人に話し掛けたりする人間ではない。後にも先にもそんな行動を向井が取ったのはその夜だけだ。それほど、僕が追い込まれているように見えたのかも知れない。そんな向井の言葉を聞いて僕は次のように言った。

「向井くん、俺、キミの仕事一生断らないから」

すると向井は、「全然、かっこよくないですよ！」と笑顔で応じた。「永ちゃんと全然違いますから！」

「いつか、この夜の話も永ちゃんの伝説みたいに語られるんかな？」

「いや、ダサい話として広まりますよ」

「なんで?」

「落ち込んでた癖に、女の子の連絡先聞いて元気出ちゃってるから!」

「それは人それぞれの感じ方ちゃうか?」

「かっこよく取りようがないから」

などとアホな会話をしながら電車に乗って吉祥寺までの道を一緒に帰った。

昭和最後のヒットソング

昭和歌謡曲が流れるバーでお酒を飲んだ。食事をした後に、近くでもう一杯飲もうということになり、知らない店だったけれど勇気を出して入ってみると、上品なスナックや純喫茶を彷彿とさせる素敵な空間が広がっていた。懐かしい居心地の良さがある。

棚にはアナログレコードが沢山並んでいて、壁には大瀧詠一の『A LONG VACATION』のジャケットが飾ってあった。コンセプトは歌謡曲なのだそうだが、フォークソングもロックもパンクもニュー・ウェイヴも流れている。キャンディーズの後に、忌野清志郎さんが流れたりするのが妙に落ち着いた。

ほとんどは聴いたことがある曲だったが、なかには知らない曲もあった。マスターに店で掛かる音楽に基準があるのか聞いてみると、「一応、昭和までの曲にしようとは思っています」という答えが返ってきた。そう言われてみると腑に落ちる。

昭和六十四年は一月七日で終わっているので、西暦では一九八九年一月七日までが昭和ということになる。僕が小学校二年生で八歳だった時に昭和が終わったということだ。

確かにこの店では、子供の頃にラジオやテレビから聴こえてきた曲ばかりが流れていた。そこで、昭和最後のヒットソングを自力で出そうということになった。思い出すためにネットを検索するのは禁止だが、答えを確認する時はネットを活用した。

「中島みゆきさんの『糸』は平成でしたっけ？」

「平成なんですよ」

中島みゆきの『糸』は意外にも平成になってから発表された曲だった。一九九二年発表なのでとっくに平成である。『糸』はお客さんにリクエストされることが多く、マスターはこの曲が平成生まれであることを認識しているが、昭和の空気を感じさせる雰囲気があるのでたまに流しているらしい。

この調子で僕は思い付く限り、これが昭和最後のヒットソングだろうという曲を挙げていった。

「大江千里の『格好悪いふられ方』はどうですか？」

「あの曲は平成ですね」

調べてみると、平成三年の曲だった。

「大事MANブラザーズの『それが大事』はどうですか？」

「あれも平成ですね」

調べてみると、平成三年の曲だった。

「リンドバーグの『恋をしようよＹｅａｈ！Ｙｅａｈ！』はどうですか？」

「確か、平成ですね」

調べてみると、平成四年の曲だった。

やってみると案外難しく、そこから立て続けに数曲出してみたが、なかなか昭和最後という曲が出てこなかった。

「長渕剛さんの『とんぼ』はどうですか？」

「ええと、確か昭和ですね」とマスターは少し考えるような素振りを見せたので、調べてみると、『とんぼ』は昭和六十三年十月二十六日に発売された曲だった。昭和が終わるまで、残り二ケ月と少しという絶妙な時期。昭和最後のヒットソングという定義に於いては、これ以上に相応しい曲はないかも知れない。しかも、未だに聴かれ続けている名曲でもある。

『とんぼ』が出たことで、このテーマはここで打ち止めになりそうだった。

そこから人生で最初に購入したＣＤの話に移った。僕が最初に買ったのはバービーボーイズのアルバムだった。バービーボーイズか……。

バービーボーイズの、『目を閉じておいでよ』という曲は、僕が初めてカラオケで唄った曲でもある。小学生の頃、近所の焼肉店でカラオケボックスの一時間無料券をもらい、そのまま家族で行くことになった。一人で唄うのが恥ずかしかったので、「お姉ちゃんと一緒なら」ということで、『目を閉じておいでよ』を唄った。母はその曲を唄う子供達を眺めながら、「凄い曲だねぇ」とつぶやいていた。それもそのはずである。当時は歌詞の意味がよく分かっていなかったが、後から振り返ってみると、大人の男女によるかなり艶めかしい内容だった。「恥ずかしがった挙句に、どんな歌を唄っとんねん」とは、大人になった今だから思えることであって、子供だった僕にとっては、詞の意味が摑めない部分に惹かれていたし、なによりKONTAさんと杏子さんのハスキーな歌声が大好きだった。

バービーボーイズのベスト盤を自分で買ったのが四年生の頃だったので、『目を閉じておいでよ』はおそらく昭和に発表された曲だろう。

「バービーボーイズの『目を閉じておいでよ』は昭和ですよね?」とマスターに聞いてみると、「ああ、かなり際どいですよね」という答えが返ってきた。これは期待できそうだと思いながら調べてみると、なんと『目を閉じておいでよ』が発表されたのは、昭和六十四年一月一日だった。平成が幕を開ける一週間前。もう、これ以上はないだろうということで会計を済ませて家に帰った。

その翌日、東京で暮らしている同級生と会ったので、そのことを僕は自慢気に話した。『とんぼ』と『目を閉じておいでよ』のことは、まだ彼には伝えずに、「ネットで検索せずに記憶だけで昭和最後のヒットソングをなにか答えてみて」と要求した。僕には、『とんぼ』と『目を閉じておいでよ』という二枚のカードがあるのでかなり余裕があった。

彼は、「えー、その頃なんて音楽聴いてなかったからな」と考え込んでいた。

そして彼が記憶から導き出したのは、Ｗｉｎｋの『淋しい熱帯魚』だった。これは平成元年七月五日発売の曲だ。かなり惜しい。

次に、光ＧＥＮＪＩの『ガラスの十代』と彼は答えた。これは昭和六十二年十一月二十六日の発売。惜しい。

次に、「爆風スランプの『Runner』はどうかな?」と彼は言った。調べてみると、昭和六十三年十月二十一日に発売されていた。かなり雲行きが怪しくなってきた。『とんぼ』の方が五日後に発表されてはいるが、当時の『Runner』のインパクトはあまりにも大きいものだった。

最後に彼が出したのは、THE BLUE HEARTSの『TRAIN-TRAIN』だった。調べてみると昭和六十三年十一月二十三日発売。『とんぼ』よりも後だった。

僕が隠し持つ、『目を閉じておいでよ』の感動が薄まってしまう。僕にとっては大切な思い出の曲ではあるが、世間から見れば同級生が出した『TRAIN-TRAIN』も鮮明に記憶に残っているだろう。この遊びに勝ち負けはないはずなのだが、さっきまであったはずの優越感が消え失せていた。

「いらんことすんなよ、どんな特殊能力やねん」と僕が不貞腐れながら言うと、彼は、「その頃、俺は自主的に音楽を聴いてなかったから、当時の街の風景をまず頭に思い浮かべてな……」とプロが講演会で話すようなことを語り出したので、慌てて止めた。

やはり、どこかで流れていた音楽が記憶の片隅に残っているものなのだろう。

僕が、「バービーボーイズの、『目を閉じておいでよ』は昭和六十四年一月一日に発売されてん」と伝えると、彼は「ああ」と感情の分からない声でつぶやいた。

カレーとライス

大阪に帰省して高校時代の同級生である龍三と再会した。

以前、僕がゲスト出演するテレビ番組に、高校時代の友人として龍三が出演してくれた時、彼は前歯が一本なくなっていた。

「前歯どうしたん?」と聞くと、「どっか行ってもうたわ」と、龍三は笑った。

「差し歯、入れたら?」と提案すると、「光熱費も払われへんくてな、電気もガスも止められた家で家族と生活してんのに、歯入れてる場合ちゃうやろ?」と、やはり龍三は笑っていた。

高校時代、僕はサッカー部で国立競技場を目指し、龍三は野球部で甲子園を目指していた。龍三は小柄だったが、大阪予選でホームランを打ったこともある。

「俺、小さいから相手のピッチャーが油断してな、初球はストライク取りにくんねん。ほぼど真ん中。舐(な)めてんねん。こっちは、その初球に全てを懸けてるから」と得意気に語る龍三に自分と近いものを感じた。

　僕も小柄なので、試合開始直後は相手に油断されていることが多かった。ボールが回ってくると、ファーストタッチでギアを入れて相手をかわし加速すれば、ゴール前まで簡単にドリブルで侵入できた。二度目からは、相手は少し警戒して体をぶつけにくるか、距離を取って深めに守るので、ドリブル突破が難しくなる。

「一緒やな。でも、警戒されてからの方が面白いやろ？」と、僕の体験談を話してみると、「なにが一緒なん？」と、今一つ龍三の心には響かなかったようだ。

　龍三とは三年生で初めて同じクラスになった。一年生の時から「龍三、知ってる？」と、野球部の友人達からその名前を聞かされるほど人気者のようだったが、おそらく自分とは気は合わないだろうと思っていた。だが、実際に話してみると、龍三はずっと意味の分からないことを言い続けてくれるので楽しかった。

　思春期の頃、人との会話を通して最も僕が快楽を感じるのは、知らないことに気付けた瞬間であり、誰かから新しい価値観や視点を与えられる瞬間だった。その次くらいに、意味の分からないことを聞くのが好きだった。龍三と一緒にいると自然とそのような楽しい時間になったし、たまに驚くような気付きを与えてくれることもあった。

それに意味の分からないことを話す龍三には、こちらも気を遣わずに好きに話すことができた。もしかしたら、我々は話が嚙み合ったことが一度もなかったのかも知れない。

大人になった龍三と話していて驚くのは、なにも覚えていないということ。クラスメイトに誰がいたとか、僕とどんな会話をしたかなど、一切覚えていない。

「マッタンと仲良かったんは、なんとなく覚えてんねんけどな」と龍三が笑う時、少しだけ寂しさを感じてしまうが、龍三の毎日が楽しいことで更新され続けているから過去の記憶など必要ないのかも知れない。

大阪の夜、龍三と解散してホテルに戻って眠った。

翌朝、起きると、「何時からカレー行く?」と龍三からのメールが届いていた。そんな約束は絶対にしていなかったが、「十三時に迎えに来てくれるって言うてなかったたっけ?」と返信すると、「そうやったな。十分くらい遅刻するわ」と返ってきた。

ホテルの前に龍三が運転するトラックが停車する。助手席に乗り込むと、「どこのインデアンカレー行く?」と聞かれたので、「インデアンカレー食べる前に、ニューライトのセイロンライス食べるんやろ?」と返答した。

すると、龍三は、「そうやったな。ほな、心斎橋やわ」と納得した様子で車を走らせた。「カレーの日やから、頑張らな」と龍三は言っているが、僕はそれを知らない。「三軒も回れるかな？」と適当なことを試しに言ってみると、龍三は、「四軒やろ？　カレーの日やで」と当然のように言った。高校時代から続く我々の会話の方法。僕達はお互いの言葉を基本的に否定せず、それを受け入れて話を続けるノリのようなものを出会ってから二十五年間も育て続けてしまっている。つまり、この日はカレーの日になってしまったということだ。

セイロンライスには満月のような黄身が載っていた。懐かしい味に満足したが、次に行かなければならない。僕達は膨れたお腹で車に乗り込んだ。「身体を動かさんと、次食べられへんな」と僕が不安を口にすると、「でも、ボウリングなんか何年もやってないからな」と龍三がまた勝手なことを言い出した。

三十分後、我々は、龍三が「カレー」、僕が「ライス」という単純な名前で、ボウリングの球を投げ合っていた。僕のスコアは、一ゲーム目が一〇〇点で、二ゲーム目が一〇二点だった。その僅差に自分の限界を感じた。龍三は、「ボウリングの球の穴に指が入らない」と言って変な投げ方をしていたため、僕よりも点数が低かった。ボウリングが終わっても全然お腹が減っていなかった。

ボウリング場の裏の銭湯で汗を流し、サウナに入り、風にあたって涼んだりして時間を経過させたが、それでも腹は減らなかった。これでは全くカレーの日ではない。お昼にカレーを食べただけの平凡な一日だった。

それでも、食欲がないのでは仕方がない。なんとかカレーの日を終了させようと、「ほな、また来年」と僕が言うと、龍三は「はーい」と言った。無事、解散になりそうだった。

二人で並んで歩いていると、間の悪いことに、カレー屋さんの看板が目に入った。嫌な予感がした。カレー屋さんの存在に気付くと龍三は、「ここやな」と言って、店に入ってしまった。僕もその後をついていく。キーマカレーを二つ注文して二人とも黙って食べた。もう大人なのだから、我々はこの変なノリをそろそろ止めなくてはならない。

翌日、東京行きの新幹線の車内では眠って過ごした。品川に着いてスマホを確認すると龍三から「今日、インデアンカレー何時？」とメールが入っていた。まだ続いていた。

存在しない物語の感想文

先日、取材で読書感想文に関する質問を受けた。今でも夏休みになると、小中学生は読書感想文の宿題が出るらしい。

そのような質問をされるということは、読書感想文が苦手な人が一定数いるということだろう。もう僕は人生で読書感想文を提出することはないだろうけれど、例えば夏休みに小学生の甥っ子を、「市民プールに行こう」と誘った時に、「読書感想文を書かないと遊びに行かれへんねん」と断られてしまうかも知れない。

そうなると、僕は一人、畳で平泳ぎの練習をしながら待つことになる。そんな事態を避けるために、簡単に読書感想文を書く方法を考えてみたい。

読書感想文を書くうえで、最も時間が掛かる工程は本を読むことだろう。読書の時間を短縮できると、かなり時間の節約になる。いっそのこと、架空の物語で感想文を書いてしまうというのも有効かも知れない。早速、タイトルを勝手に考えてみよう。存在しない物語なのだからなんでもいいが、目立ち過ぎない方がいい。

『悪魔の憂鬱な復讐』や『神々から盗んだ自転車』というような大袈裟なタイトルを付けてしまうと、内容が少し難しくなってしまう。架空の物語の設定を成立させるために文献に当たることになっては本末転倒である。自分の知っている情報と言葉だけで感想が書けるタイトルの方が良いだろう。

『行けなくなった近所の公園』『風邪をひいたお医者さん』『新しい靴なのに汚い』などであれば自分の知識だけでなんとかなりそうだ。『読書感想文が書けなくて』というような俯瞰の視点を持つタイトルだと、大人が介入したのではないかと疑われる可能性がある。

『行けなくなった近所の公園』だとしたら、「なぜ、主人公のボクは近所に素敵な公園があるのにそこには行かず、わざわざ隣の町の小さな公園まで遊びに行くのかが気になりながら読みました」というような導入はどうだろうか。

ボクは近所の公園で遊ぶ子供達を横目で見ながら、隣町の公園を一人で目指す。だが、隣町の公園には友達や知り合いがおらず、ボクに楽しんでいる様子は見られない。物語の後半に近所の公園で遊ばない理由が明らかになる。仲の良かった友達が遠くの街に引っ越してしまったことが哀しくて、その友達と毎日のように一緒に遊んでいた公園では遊べなくなったのだ。

「仲の良かった友達との想い出が詰まった公園で遊ぶことが辛くて、隣町の公園に通っていたボクの気持ちは痛いほどよくわかりました。僕も仲の良かった友達が遠くの街に引っ越してしまった時、もう一緒に遊ぶことができないのかと考えてしばらく苦しい経験をしたことがありました」などと共感してみる。

物語の主人公であるボクが母親と買い物に行く場面で、母から、「最近、どこまで遊びに行っているの？」と聞かれる。母は怒っているわけではなく、心配しているのだが、ボクはこんなにも苦しい思いをしているのに、なぜ理解してくれないのかという気持ちになる。そして、少し不貞腐れながら、「のぼるくんが引っ越したから……」と近所に住んでいた友達がいなくなったからだということを打ち明ける。すると母は、「なるほど、じゃあ最近は、毎日のぼるくんとの想い出と遊んでいたんだね」と囁く。ボクは「えっ？」と驚いた表情を浮かべる。母は続けて、「一人で遊んでいたんじゃなくて、のぼるくんのことを想い出しながら遊んでいたんでしょ？」と。

ボクは一人で遊んでいた時の気持ちを想い返す。確かに、のぼるくんのことを想い出しながら過ごしていたことに気付く。そして母は「そしたら、近所の公園でも遊べるんじゃない？　のぼるくんのこと想い出しながら。また再会した時にどうやって遊ぶか考えることもできるし」と優しい声で語り、ボクはようやく、また近所の公園で遊べるようになる。「ボクも遠くの街へ引っ越してしまった友達とはもう二度と遊べないかも知れないと残念な気持ちになっていましたが、その友達と一緒に作った遊びや想い出がある限り、たとえ同じ空間にいられなくても、その続きをそれぞれ別の場所で遊ぶことができるし、いつかお互いの記憶が薄れてしまったとしても、その時間で得た感覚は自分のなかに残り続けるので、それも一緒に生きていくことなのだと、この物語を読んで感じました」というような感想を書く。

主人公のボクが近所の公園に行けなかったのは、ほんの一ケ月くらいのことなのかも知れない。ボクが久しぶりに近所の公園で遊んでいると、「なぜ哀しみを克服した？　世界から哀しみが減ると俺は憂鬱になるんだよ」という声が聞こえてくる。ボクが顔を上げるとそこに悪魔が立っていた。悪魔は神様から盗んだ自転車にまたがり、ボクを闇の彼方へと連れ去ろうとして……。いつの間にか、『悪魔の憂鬱な復讐』と『神々から盗んだ自転車』が物語に混入してしまった。主人公のボクはのぼるくんとの鬼ごっこで培った技で悪魔を撃退できるだろうか？

自分も子供の頃、他の街から転校してきた友達に、「俺の地元の公園に、めっちゃ大きいパンダの遊具あるで」と教えられ、その公園まで自転車で一時間掛けて行ったことがある。パンダの遊具は想像していたほど大きくはなかったが、友達は久しぶりに自分が生まれた地元の公園で遊びたかったのだろう。

この方法を伝授すれば、甥っ子と市民プールに行けるかも知れない。

存在しない物語の感想文を妄想で書くというようなことを提案したが、存在しないとはいえ感想文に大きな矛盾があってはいけないので、物語の概要など大まかな設定や話の筋のようなものは自分で考えなければならない。

自分で書きたい感想文に寄せて内容を捏造できる利点はあるが、人によっては新しく本を読むよりも、大雑把とはいえ自分で物語を作る方が時間が掛かる人もいるだろう。

僕は学校などで読書感想文の書き方を習ったことがないので、どのような書き方をすると評価されやすいのかは分からない。

仮に課題となるテキストがない場合には、限られた文字数のなかで最大限の創作性を発揮すれば自分の国語能力を証明することができると思うのだが、課題がある場合にそのような方法を取ると、「テキストを蔑ろ(ないがしろ)にしている」とか「テキストを理解できていない」というような誤解や批判を受けることもあるだろう。

ある物語を読んで、「人の物を盗んではいけません」という単純なメッセージしか読み取ることができなかったとする。全ての登場人物の言動がその一点に集約されるとしたなら、書けることは少ない。あらすじに触れつつ、特に気になったセリフや核となる場面を抽出すれば、もう他に書くことはない。そこからは、「人の物を盗んでもいい状況はあるのだろうか?」「人の物を盗まなくてはいけない状況があるとしたら、どのような場合だろう?」「なぜ人は物を盗んでしまうのだろう?」というような展開を試みなければ、意味のない言葉だけが原稿用紙に並んでしまうことになる。そもそも書評ではないのだからあらすじなど不要かも知れないなどと考え始めると、さらに書けることは少なくなる。

「人の物を盗んではいけないということは、この本を読む前から理解していた。だから人の物を盗んだことはない。そんな自分が、この本を読んで得られることは少なかった。僕が知りたかったのは、『なぜ人は悪いことだと分かっていながら誰かの物を盗んでしまうのだろうか?』ということであり、『誰かが危険に曝(さら)されている時、その誰かを救うために人の物を盗むことは許されるのだろうか?』ということだった。その問いと対峙してこそ、盗むという行為の本質に触れることができ、盗むということの抑止に繋がるのではないか。また、『人の物を盗んではいけない』という、単純な言葉に縛られることなく、その状況に於いて最も適切な方法を選択して行動することができるようになるのではないだろうか。この物語は僕にヒントを与えてくれることはなかったが、充分過ぎるほど考える切っ掛けを与えてくれた」と書き始めたとする。これでは作者の意図を汲んだものにはなっていないだろうし、作品の外部で思考を展開しているため、内容に共感できていないという点で評価されにくいかも知れない。

仮に評価軸がそうだとすると、読書感想文を書くためには、自分の感じ方は一旦置いといて、作者の意図や作品のメッセージに概ね賛同する人物を、捏造しなければならなくなる。その仮人格の視点で物語を素直に読み、素直に書くという競技に参加する必要がある。

それはそれで、「一般的なものの考え方をインストールしましょう」という学びになるのかも知れない。誰もが個性を脱却して普通を目指すという競技。癖が出ないように気を付けながら書くのは簡単なことではない。

例えば、太宰治の『走れメロス』の読書感想文を書くとして、「邪知暴虐の王として描かれる残酷な王よりも、正義を疑わず周囲を巻き込みながら混乱に導いていくメロスの方が、暴力性が高いように感じられた」という言葉を冒頭に置き、「王は、その性質を民から理解されているため、批判や憎しみを受ける対象となるが、メロスは善意から行動しているために周囲はある程度それを受け入れなければならず、民は事態が悪くなっても誰を責めればいいか分からないだけに混乱の度合いが高くなる。このような人が実は身の回りに一定数存在していて、生活に暗い影を落としていることが多々ある」と続けると、これも作品の感想として飛躍になってしまうのだろうか。

僕は本の感想を述べる時に作者に敬意を表すことは忘れないが、作者の思惑を考えながら読んだり、作者に「そうなんですよ！　分かってますね！」と褒められるために読むようなことはしない。作者に認められることで、周囲から馬鹿にされにくいという利点はあるが、仕事として受けている以上は、作者すら気付いていない作中で生じた現象を摑んだり、「このように鑑賞する方法もある」と新たな角度から作品に光を当てなければ意味がないと考えている。先行する評論があったとしても、それをなぞることはせず、むしろ書かれていないアプローチを新たに探すようにしている。その評論と自分の考えが概ね重なってしまう場合には、無理に避けることは不自然なので、それを踏まえつつその続きを少しでも書き進められるように苦心したいと考えている。

だが、読書感想文となるとやはり共感は欠かせないのかも知れない。それなら求められることの全てを書いてしまえばいいのではないだろうか。

一、物語に寄り添い、共感する立場で感想を書く。
二、共感したことをなにかに置き換えて、自分なりに語り直す（より理解の証明になる）。
三、最大限の共感を示した後、視点を変えて批判的に語る。作品内で展開される論のリスクを抽出する（より感想が立体的になる）。
四、物語のテーマで自分なりの独自の考えを述べる。
五、全体のまとめ。作品から受け取ったこと。今後に生かせること。この物語を読むことで新たに生まれた問題点などを提示する。
六、本編と無関係の、憂鬱な悪魔を登場させない

この辺りを指定された文字数のなかで書けば、仮人格のまま終わることなく、自分の感想を正直に伝えやすい。もちろん作品によって構成の微調整は必要になるだろうし、上記の流れで考えた後で編集して削ることも必要になるだろう。

読書感想文は思いっきりサボるか、真剣に向き合うか、その間で適当にやるかによって楽しみ方が変わる。だろう。

アホな優しさ

くすぶり続けていた二十代の頃、久しぶりに実家に帰った。同世代の芸人仲間や相方はテレビに出演しているのに、自分だけがメディアへの露出が全くないという時期だった。劇場でいつもそうしているように、「俺だけ、全然仕事ないわ」と軽い気持ちで自虐を言った。

そこには母と二人の姉がいたのだが、みんな僕を気遣って黙ってしまった。深刻な雰囲気が流れた。その沈黙を次姉が破り、「あのさ……、直樹って、面白過ぎるんじゃないの？」と言った。面白過ぎてメディアに出られないとは、どのような状況なのだろう。こんな言葉を姉に二度と言わせてはいけないと東京行きの新幹線のなかで思った。

どこで間違って本なんか読むようになってしまったんや

本を紹介するエッセイを劇場のフリーペーパーで連載していた。タイトルは、『第2図書係補佐』。我ながら謙虚を通り越した自意識過剰な題だと思う。

まず図書委員でも良いところを図書係としている。委員は選挙で選ばれた人という雰囲気があるのに対して、係は、「やる?」「はい」くらいで決まっていそうな緩さがある。

さらに図書係でも良いところを、第2図書係としている。第2図書係とはなんだろう。なにかの集団のなかで選ばれた正統な図書係に対して、異端であるという意味なのだろうか。とどめに補佐とまで付けている。図書係でさえ他の係に比べると暇な印象があるのに、第2図書係補佐になにか重要な仕事が与えられるとは思えない。第2図書係補佐にどのような役割があるのか少し考えてみたい。

休み時間に誰かが本を読んでいたとすると、その人が本を閉じたタイミングで、「なにを読んでたの?」と質問する。その本のタイトルを教えてもらえたら、「へー、すごい面白そうやね」と言う。地味ではあるが、声を掛けれられた方は少しだけその本への情熱が高まるかも知れない。これくらいが第2図書係補佐の仕事だろうか。

あるいは、休み時間に耳を澄ませてクラスメイトの会話を聞き、誰が誰のことを好きなのか把握する。藤本くんが本多さんのことを好きだと分かれば、藤本くんに「本多さんが読んでいたカフカの『変身』って本が面白そうやで」と囁いてみる。

こんなこともできるかも知れない。体育終わりに国語の授業がある時、校庭から一人だけ急いで教室に帰る。そして全ての机と椅子を二センチだけ黒板に近付ける。教卓も動かせるなら少しだけ生徒側に寄せてしまう。すると、他の授業に比べて迫力が増すことになる。なにも知らない他の生徒達は、「なんか、先生の言葉が妙に心に入ってくるな」と感じ、本への興味が湧いてくる。

他にも、「橋本、山本、坂本、岡本」と名字に本という漢字が使われている生徒を勝手に『ブックフォー』というグループ名で呼んでみるとか。

「ハンカチ落とし」ではなく、「本落とし」という遊びを提唱してみるのはどうか。ほとんどハンカチ落としと同じルールだが、鬼に本を落とされたことに気付かず、一周以内に拾えなかった人はその本を家に持ち帰って読まなければならない。

さすがにそこまでいくと図書委員よりも働いてしまっているのでよろしくない。クラスメイトに嫌われるだろうし、先生に呼び出されて「目的はなんだ？」と尋問されてしまうだろう。教育委員会やＰＴＡが動き出す可能性もある。

話が逸れたが、僕が『第2図書係補佐』などと回りくどい題名にした理由は、本の話を他人とした経験がほとんどなかったからだ。本を読むことが好きなのは揺らぐことのない事実だが、個人的に本を読み勝手に感動したり打ちのめされたりするだけで、感想を誰かに伝えることなく生きてきた。なにか専門的な勉強をしたこともないので、自分の感じ方が人と比べてどうなのかも分からない。それまで人に本を薦めた経験もほとんどなかった。人に本を薦めるのは怖い。人の時間を奪ってしまうかも知れないし、好きな作品を「あんまりだった」と思われてしまうのも寂しい。なにより、勝手に本と読者を引き合わせておいて失敗するなんて、作者に申し訳ない。誰にでも好き嫌いはあるのだから、本を紹介することはそれなりにリスクを伴う行為なのだ。

メディアで本を紹介する時に、太宰や芥川の名前ばかり言っていたのも、そのような理由がある。僕にとっては近代文学が読書の入口だったが、現代文学も好きで読んでいた。

しかし、現役の作家の作品を紹介するのはそれだけで迷惑かも知れないし、どの面さげてという意識が常にあった。太宰や芥川はファンもいるしアンチもいる。ただ、誰かが彼等の作品を悪く言ったとしてもびくともしない強さがある。同じように太宰の作品を僕が好きと公言したところで太宰のなにかが損なわれることもない。それでいて、心から面白いと思える作品が数多くあるのだから頼もしい。

僕の生まれ育った環境というと語弊があるかも知れないが、僕の日常には本がなかった。まず家に小説らしきものがほとんどなかった、なぜか夏目漱石全集の五巻の箱だけはあったが、読もうとした時に確認すると中身がなかった。本棚には誰にも読まれた形跡がない小説が数冊あるだけで、あとは家計簿や雑誌が並んでいた。自分の持ち物として漫画や少年雑誌は人並みに持っていた。小学生の時、友達はサッカーチームの仲間ばかりだったから本を読む友達はいなかった。一学年上の女の子で本ばかり読んでいる人がいて、その人は本が好きということだけで、周りから変人として扱われていた。その人は外で友達と遊んでいる時も、待ち時間には本を読んでいた。少年だった僕はその姿を見て、なんか楽しそうだなと感じていたが、自分はそうはしなかった。

社会の授業中に地図帳を眺めるのと同じ感覚で、国語の授業中には教科書に載っている物語を読んだ。それが楽しかったので、自分は本が好きかも知れないと中学年の頃に思い始めた。だが、そのような感覚が恥ずかしくて、周囲には言えなかった。五年生になると勇気を出して、『スタンド・バイ・ミー』の原作と第二次世界大戦関連の本を母に買ってもらった。そんなことは友達に口が裂けても言えなかったが、その辺りから姉の国語の教科書を漁り、物語を探して読むようになった。図書室でこっそりミステリー小説を借りて読むようにもなった。絶対にその姿を人に見られないようにしていた。『スタンド・バイ・ミー』の原作は難しくて少しずつしか読み進められなかったが、眠る前に同じ箇所を繰り返し読むのが楽しかった。六年生になると、僕が小説を読んでいることが周りに気付かれ始めた。みんな笑っていたが、バカにしているわけではなさそうだった。友達からすれば、僕が本を読み出したことは、僕が突然変なダンスを踊ることと同じように奇妙なことだったのだろう。

僕もやはり変人のように扱われることになったが、もともと変な奴として扱われることに飽きていたので、気にはならなかった。

中学に入ると、僕の他にも少しだけ本を読む人がいたが、交流はなかった。本を好きな人もそれぞれ隠れて読んでいたのだろう。

芸人になっても、楽屋で本を読んでいると変人のように扱われたし、先輩にもいじられた。それは有難いことでもあったので、もう本を読むことを妨げられるようなことはなかった。

だからこそメディアで趣味が読書と発言すると、たまに「かっこつけるな」という反応があることに驚いた。自分と異なるどこかの世界では、本を読むことが恰好良いことだったのだ。世界が反転したような軽い衝撃があった。どこかで気付いていたかも知れないが、やっぱり本を読むことって恰好良いことだったのだ。それでも僕は恰好良いと思われたくて本を読んできたのではなくて、本を読むことが楽しいから読んできたのである。

少なくとも僕の人生で、「恰好良い」と思われたいなら、本なんて読んじゃいけなかった。それは変なことだし、ダサいことだった。そんな環境のなかで、変人扱いされようとも好きだから読んできたのだし、自分は読書をダサいとは思わない、というスタンスを貫いてきた自負はある。だから、「かっこつけるな」と言われると複雑な気持ちになる。

そういえば父にも高校生の時、自宅で本を読んでいると、「意味も分からん癖にかっこつけんな」と言われたことがあった。言葉が反転しているためややこしいが、父が僕に伝えたかったのは「ダサいことするな」ということなのだ。「ワシの息子はどこで間違って本なんて読むようになってしまったんや」という嘆きである。父からすれば喧嘩が強い方が圧倒的に恰好良いことだったのだろう。

僕は子供の頃から天邪鬼な部分があるので、そのように周りが「奇妙なもの」「恰好悪いもの」と定義するものに惹かれた面もあるのかも知れない。交際を許されないからこそ、隠れてこっそりと逢瀬を重ね、より強く深く関わることができたのだろう。

あの頃のようには本を愛せなくなってしまった

十代、二十代の頃の僕にとって、古書店は特別な場所だった。大袈裟ではなく一日に何軒も古書店をはしごして、どの街のどの店のどの棚にどのような本があるか、誰にも頼まれていないのに勝手に把握していた。

当時の若かった僕は、古本といえども簡単に本を買うことなんてできなかったから、「あの本は売れてしまったのか」「新しい本が入っているな」と毎日のように書棚を眺めながら一喜一憂し、真剣に本と向き合っていた。

知らない街を散歩していても古書店があれば必ず入った。素通りしたことなんて一度もない。遅刻しそうな時でさえも一応は店のなかに入り、ざっと背表紙を追った。時間がない時に、神社の鳥居の前で簡単に頭を下げるだけになってしまうことはあったが、古書店だけは素通りできなかった。義務でもなんでもなく、古書店の看板を見つけるだけで胸が高鳴ったのだ。深夜でシャッターが閉まっていた時は、後日開店している時間に再訪した。

昼間は、新刊が置いてある大型書店にもよく通った。だが、午後八時を過ぎると急に行く場所がなくなり、夜に放り出されてしまう。時間が有り余っていた自分にとって、古書店と自動販売機だけが、自分を何者かにしてくれる装置として、機能していたのだ。缶珈琲を持っていると僕は珈琲を飲んでいる人になれたし、古書店で本の背表紙を眺めていると、本を選ぶ人にもこれから本を読む人にもなることができた。

一日なにもやることがなくて、ようやく夜中に歩き始めることもよくあった。深夜まで開いている古書店を目指して歩く。当時、住んでいた三鷹や吉祥寺には遅くまでやってい る古書店が沢山あったので、それを一軒ずつ廻っているだけで数時間を過ごすことができた。あの頃の僕は片手に缶珈琲を持ち、古書店を目指して歩く妖怪だった。

毎日、古書店を廻り書棚に並ぶ背表紙を追い続ける生活を送るとどんなことが起こるかというと、店に入らなくてもその外観や外のワゴンに並ぶ本を確認しただけで、大体どのような本が店にあるのか分かるようになった。太宰治、芥川龍之介があるから近代文学が中心なのだろう、というようなことではなく、訓練によって得た霊感に近い。この店には自分が買わなくてはいけない本があるとか、素敵な古本屋さんだが自分が買うものはなさそうだということが、直感で分かるようになった。

例えば、背表紙の色で出版社が分かるので、各出版社の並びが頭に入っていたりもするのだけれど、俯瞰で書棚全体を見渡せば、大体僕が求めている本があるかないか、またどこにあるのかが分かるようになった。もっと言うと、僕が読むべき本は光を放っているように見えた。ふざけているわけではなくて、引き寄せられるように本が居場所を教えてくれるような感覚があったのだ。

「読めるかな？　難しそうやけど……」と不安になる僕に棚の本達が、古書店全体が、「絶対読むべきだよ」と教えてくれる。

　そして導かれるままに読んでみると、「ああ、この本は今じゃないと駄目だった。少し前でも、少し後でも駄目だった」などと読み終えた表紙に視線を落としながら感動したことが幾度もあった。誰かに薦められたわけでもないのに、最高の案内人が選んでくれたかのような僕の生活との奇跡的な符合があることも少なくなかった。

　本に裏切られたことがない僕にとって、本のことを嫌いになる理由などなかった。こんなにも優しい友達は僕にはいなかった。本に書かれていることを読みながら自分勝手になにかを感じてもいいし、どれだけ僕が長い感想を頭のなかで述べても本はずっと待ってくれた。再読して感想を覆したとしても、本は僕を咎めたりしなかった。

だからこそ、誰かが本のことを悪く言うのは聞いていて苦しかった。唯一、お互いに対しての温度が一致している重要な友達のことを、悪く言われているような気持ちになってしまうのだ。

「本じゃなくて、おまえがおもろないんやろ？　本の話をよく聞いたか？　読み始める前日はちゃんとワクワクしたか？　体調は整えたんか？　おまえが好きじゃなかったら本も調子出えへんやろ。金払って買ったから主従関係にあるとでも思ってんのか？　おまえと旅行に行く本が可哀想やわ。楽しくないやろな」などと本気で思っていた。

大人になって思い返すと、世界のどこにも突然変異のように生まれた小説なんてものはない。必ず「文芸」という世界地図のどこかにその本はある。大陸から離れた孤島であったとしても、その本が暑いのか寒いのかくらいは見当がつく海に浮かんでいるはずだ。それなら、読めば読むほどあらゆる物語と物語が繋がっていくなんてことは不思議ではない。

若かった僕は知らないことだらけだったので、強く刺激を受けただろうし、本来読書が持つ価値を大きく超えた感動を得ることができたという単純な話なのかも知れないけれど、なにかそれ以上の特別な力が働いていたような気がしてならない。

そんな僕が、書店を恐ろしく感じるようになったのはいつからだろうか。あんなにも僕を助けてくれた友達に会えなくなってしまうなんて。こんなに哀しいことはない。僕が小説を書き始めてから、しばらく書店に行けない時期があった。書店で購入することにこだわっていた僕がネットで本を買うようになった。全国には書店がない街もあるわけだし、ネットのおかげで本が読める人がいるということは素晴らしいことなので、そのシステムを否定しているわけではない。書店に行くのが怖くなった僕には欠かせないものでもある。ただ、あんなにも書店を好きだった僕がこんなことになるなんて、全く予想できなかった。

書店が恐ろしくなった理由は、僕が小説を発表したことに対する一部の文学者の反応に失望したことが大きい。あらゆる書き手が存在して良いはずだと信じていたが、僕の作品は内容ではなく、「芸人が小説を書いた」という側面だけで語られることが多かった。本来は、性別や年齢や国籍や職業などあらゆる事柄が、差別されることなく平等であるべきだということに、価値を置いていたはずの言論の人達が、露骨に「芸人が書いた小説」という文脈だけを切り取って語ろうとした。どのような職歴の者が書いても良かったのではないのか。平等を唱えていたのは、信念ではなく形式だったのか。それでは、「今の時代、差別は駄目」と言っている低俗な輩と同じではないか。差別はいつでも駄目なんだよ。

これが例えばワイドショーの司会者に言われたのなら、感じ方は異なる。実際に、「芸人の癖に作家気取りですよ」というニュアンスの発言を番組でされたこともあった。この言葉の裏には、「職業には貴賤があり、芸人は小説家よりも劣るので、小説を書いた芸人は嬉しくて作家を気取るはずだ」という過剰な思い込みがある。そもそも、この時期に発表した小説『火花』には、語り手の笑いに対する想いを執拗に書き込んでいるので、作品を読んでさえいれば、そのような発言には至らなかったはずだ。

『火花』には次のような場面がある。芸人であることに矜持を持つ徳永に対して、事務所の社員から「徳永君、大阪選抜だったんでしょ？　なんでサッカー辞めちゃったの？」と見当違いな質問が投げられる。徳永は、「この人にとって、僕などはここに存在していなくても別に構わないのだ。どこかでサッカー選手にでもなっていたら、こいつは幸せだっただろうと軽薄に想像する程度の人間でしかないのだ。そして、それはこの人に限ったことではない」と考える。物語にあった浅はかな質問と同じ思考が、ワイドショーで披露されただけのことだ。ありがちな偏見として小説に書き込んでいるくらいだから、本質を捉えようとせず、表層で遊ぶことをエンタメ化する場で繰り返されたとしても残念ではあるが、驚きはしない。

しかし、文学者が排他的な思想を持っていたことには、少なからず動揺した。それは、文学に幻想を抱いていたからだ。かつては憧れに似た感覚で書店の本棚を見上げていたが、その棚に排他主義者が隠れているのかと思うと吐きそうになる。そんな鈍い感性の書き手は一部に過ぎないのだろうけれど、書店が恐ろしくなったというのは事実だ。

かつて、真夜中の古書店の灯りに照らされた僕はどんな表情をしていただろう。本に囲まれて背表紙を追っていた僕の感情はどうだっただろう。本棚から一冊だけを大切に抜き取った僕の手はどうだったか。その本をアパートに持ち帰り、ページを開く時の高揚感を想い出すと哀しくなる。本に申し訳ない気持ちになる。もう、あの頃のようには本を愛せなくなってしまった。本が悪いわけではなく、僕が変わってしまったのだろう。

本当だろうか？　本を愛せなくなったと言い切ってしまって後悔はないだろうか？　そんなはずない。本当は好きに決まっている。なぜ恰好悪い誰かのために、僕が本や書店と決別しなければならないのだ。一時の感傷に流されていじけてしまった。本がなければ生きていたかどうかさえも疑わしいのだ。まだ読みたい本が沢山あるし、自分の人生に必要な本との出会いがあるはずだ。やっぱり、吐きながらでも書店に通うことにする。

コーラスの実家の風景

歌番組を観ていると、歌手が唄う後方で、そのパフォーマンスを支えるコーラスがいたりする。コーラスの人の方が上手いのではないか、というくらいの高音を響かせていることも珍しくない。たまに妙に表現力が豊かな人がいて、気が付くとコーラスばかりを目で追ってしまうことさえある。そんな時、必ずと言っていいほど、想像してしまうのがそのコーラスの方の実家の風景。


「お父さん、愛美が映ってますよ」

「うん？　どうせ少しだけだろ？」

「でも、テレビで唄えるなんて凄いじゃないですか？」

「どれどれ、おおう。あの後ろの白い服のか？」

「そうですよ」

「老眼でよく見えないけど、まぁ元気なら良いんだ」

「ええ、顔色も良いですよ」

「ところで、正月は愛美は帰って来るのか？」

「ええ、年越しは東京で二日にこっちに来るって言ってましたよ」

「そうか、じゃあ蟹でも買っとくか。好きだろあいつ」

「そうですね」

「ぼたん鍋も食えるんだっけ？」

「ぼたん鍋は愛美の大好物ですよ。でも、どちらかで良いんじゃないですか？」

「ついでだからさ。何日かいるんだろ？」

「ええ、でも愛美も忙しいですからね」

「正月くらいゆっくりしろ、って言っとけ。じゃあ蟹とぼたん鍋と一応すき焼きも買っとくか」

「あなた破産しますよ」

「ばか野郎」

そんな会話が繰り広げられているのかも知れない。

表現することに脇役なんていないのだ。社会にも。と思いつつ、「脇役以外の何者でもない」と断言できる役を任されることになった映像作品の脚本を開き、二秒で閉じた。

一九九七年の初日の出

高校一年で迎えた大晦日の夜、中学時代から仲の良かった友達数人で集まった。僕は年が明けたら近所の公園に再集合して、初日の出を見に海まで行こうとみんなに持ち掛けた。友達は、「いや、家族と過ごさなあかんし」とか、「そんな遅い時間まで起きてられへん」と消極的な態度を示した。僕を含めた四人全員が、まだ十六歳だったので無理もない。

しかし、僕は諦めなかった。

「十六歳で迎える初日の出は、これが最初で最後なんやで。ええんか？　俺は一人でも行くぞ」

三人は渋々承諾し、深夜の二時に近所の公園に集まることを約束した。

僕達が住んでいた寝屋川市に海はない。海で初日の出を拝むためには、淀川を南下して、南港、築港の方まで行かなければいけない。僕の計画では、「海遊館」という大きな水族館がある築港を目指したいと考えていた。正確なルートが分かっていれば、自転車でも三時間程度で辿り着けるのだろうけれど、大人に相談することはできなかったので、なんとか自力で行くしかない。淀川の河川敷沿いを、ひたすら南を目指して自転車を漕ぎ続けるしかなかった。ただ、淀川の河川敷は途中で自転車の通行が不可能な場所があったりして、迂回しなければならないことも多く、想像以上に時間が掛かることになった。

集合場所にやって来た面々は、これまでに何度も僕の変な提案に乗ってきた友達ばかりだったが、みんな一様に「しんどい」「眠たい」と白い息を吐きながら文句を言っていた。だが、自転車を漕ぎ出すと、往来の人の少なさと年が明けた高揚感で楽しくなったのか、好きな女の子の話や未来の話で大いに盛り上がった。高架下の異常に暗い道に差し掛かると、誰かが怖い話を始めた。そのタイミングで、「ちょっと待って、一人多くない？」と適当なことを言うと、それぞれが全員の顔を見渡して、「ほんまや！」と叫びながら自転車でその場を走り去ったりした。一人多いなんてことは絶対になかったのに。

また、誰かが安室奈美恵の有名な曲を唄い出すと、みんなで一緒に唄ったりもした。

何時間くらい自転車を漕いだだろう。誰かが、「これって、道合ってんのか？」と恐ろしいことを言った。みんなが僕の顔を見たので、「いや取りあえず、淀川沿いに進んで行ったら必然的に海に着くんちゃうん?」と言ったが、「いや、どっかで大通りを曲がらんと築港には着かへんのちゃうか?」と反論を受けた。

道に迷いながらも、大通りに出れば道路の標識があるので、それを頼りに進もうということになった。だが大通りに出ても見慣れない地域のため、どの地名を目指せば海に辿り着くのか全然分からなかった。その時で既に午前五時前だったと思う。初日の出は七時六分だったので時間はまだあった。

トラックの運転手さんに、「築港にはどう行けばいいですか?」と質問すると、「こっちは南港方面やぞ。築港は逆や」と言われ、そこで初めてぞっとした。「築港まで、ここから何分くらいですか?」と聞くと、「自転車やったら一時間以上掛かるんちゃうか」と言われて、もっと怖くなった。正直、南港でも初日の出が見えたらそれで良かったのだが、僕が最初に築港と言ってしまったからか、なぜかみんな築港で初日の出を見なければならないという使命感に駆られていた。

そこからは全力で自転車を漕いだ。コンビニでたむろしていた暴走族が、あまりにも速く自転車を漕いで駆け抜けていく僕達を見て大声で笑っていた。その時の僕達は、四つの光だった。四つの光が初日の出という光の親に会いに向かっていたのだ。

太ももが張って乳酸が溜まっているのが分かった。それでもペダルを漕ぎ続けた。いつしか、誰もなにも話さなくなった。ただ、ひたすらに海を目指して自転車を漕ぎ続けた。

そして、僕達四人は海に着いた。まだ空は暗く、うっすらと白い靄が掛かっていた。そんな現実感の薄い感覚のなかで、海遊館を見つけた時の感動が忘れられない。だが、そこには至るところに初日の出を見に来たカップルや若者がいた。みんな車で来たのだろう。僕達は地元の寝屋川市から、自転車で光になってやって来たのだ。そのことを知ったら大人達はみんな驚いたはずだ。でも、そんなことを説明している余裕はなかった。

初日の出が昇り始めるまで十分もなかったのだ。僕は急にその場所で初日の出を見るのが嫌になった。もっと特別な場所で見たいと思った。

「ここはあかんわ、ビルの屋上を探そう」

そのように提案すると二人の友達は、「もうええって、ここでええやん」と言った。だが、一人の友達は「探そうか」と僕の提案に乗った。このような状況で、僕が自分の気持ちを伝えたなら単独行動を取り兼ねないと思ったのだろう。あるいは、その友達も、「ここでは駄目だ」と感じたのかも知れない。

残り時間が少なかったので、ゆっくりと探してはいられなかった、海から遮る建物がないところに建っていて、それなりに高さがあるということだけが条件だった。あとはほとんど勘だった。

「ここや！」と僕は雑居ビルの前に自転車を停めた。他のみんなも同じように自転車を停めた。エスカレーターで最上階を目指し、そこからは階段で上った。鍵が掛かっている可能性が高いよなと思いながら、屋上のドアノブを回すと開いた。こうして、僕達は初日の出に間に合ったのだった。

屋上が開いていた理由は、ビルのオーナーらしき人物が初日の出を一人で見ようとしていたからだ。彼は僕達の存在にはもちろん気付いていたが、僕達が帰りにお礼を言うまで一切声を掛けてこなかった。

あの時の初日の出は素晴らしかった。太陽と僕達を隔てるものはなにもなかった。大人達が初日の出を見ようとしていた場所から、さらにもう一つ欲張ったからこそ見ることができた絶景だった。

帰り道、僕が乗っていたママチャリのチェーンはシャコシャコと音を立てていて、今にも外れてしまいそうだった。四人とも疲れ果てて、早朝の散歩をしている老夫婦にさえ追い抜かれていた。帰りのペースが落ちるのは当たり前だが、どんどん太陽は空高く昇っていった。

途中で知らない駅前に差し掛かった時、僕は仲間達に、「電車で帰るわ」と言った。仲間達は、「おまえが言い出したんやろ！　ふざけんな！」と、息を吹き返したようにとんでもない剣幕で怒った。

だが僕は、元日に伏見稲荷にお参りする予定があったのだ。券売機で切符を買う僕の背中に友達から罵詈雑言が浴びせられた。

改札を通る時、「ほんまに電車で帰るん？」と三人が僕に聞いた。静かな怒りが伝わってきた。僕は改札機に切符を通し、三人の方を振り返った。三人と目が合った。そして僕は無表情で三人に向かって、「チャオ」と言った。三人は笑いながら、「おい！　ふざけんな！」と叫んでいた。

大人になってからも、あの時の「チャオ」について、みんな笑いながら議論しているので、結局のところ仲間を裏切ったことにはならないと自分勝手に思っている。

毎年、大晦日から元日を迎える時間になると、あの一九九七年の初日の出を思い出す。

今日、見上げた太陽もあの日の太陽の続きなのだ。

今年の目標を特に掲げるつもりはないけれど、あの日の僕のように目的地のさらにその先を目指してみようと思う。

あの声に憧れる理由は

声が小さいとこれまでの人生で何度言われてきただろう。

子供の頃からずっとそうだった。中学三年の秋に、高校入試に向けて校長先生と二人だけで話す、面接の予行練習があった。自己紹介といくつかの質疑応答を済ませると校長先生は普段から注意深く見ていないと言えないような優しい言葉を掛けてくださった。後から伝えられた評価は、「少し声が小さかったので、本番では自信を持って大きな声で頑張りましょう」というものだった。

なるほど、予行練習があって良かった。僕の耳に直接響く声と空気を伝って響く声では聞こえ方が違うので、自分では大き過ぎると感じるくらいの声で良いのだと事前に気付けたことは大きな収穫だった。

入学試験の面接本番では、校長先生の助言通り、大きな声で話すことを心掛けた。自分の名前を名乗り、面接官の質問に答えた。すると面接官が机に身を乗り出して、「又吉くん、もう少し大きな声で話してくれますか」と片耳をこちらに向けるような姿勢を取った。自分では精一杯大きな声で話しているつもりだったが、全然届いていなかったのだ。それから僕は必死で大声を意識して話すように努めたが、面接官は小さな声を聞き逃さないように目を閉じて、全神経を聴覚に集中しているようだった。

折角の校長先生の助言を活かすことができず、僕が頑張るどころか面接官を頑張らせてしまった。

それにしても、面接を受ける生徒に、「もう少し大きな声で話してくれますか」と緊張させせない言い方で促し、それほど改善されなかったことに腹を立てることもなく、自分が集中することで会話を成立させた面接官は素晴らしい。小さな声で迷惑を掛けた僕が言うことではないが、面接官として合格だった。

高校ではサッカー部に所属したのだが、僕の高校のサッカー部は礼儀に厳しかった。入部直後に指導として百人近い新入部員がトレーニングルームに集められた。二年生の教育係が、「おまえら、挨拶の声も返事の声も小さい!」と怒鳴っていた。

一年生全員が並べられ順番に、「おはようございます!」と大声で挨拶する原始的なテストが行われた。声が小さいと先輩達の罵声が飛び、やり直しになった。大人数なのでなかなか僕の順番は回ってこなかった。待っている間、多くの一年が挨拶のやり直しを命じられた。正直に言うと僕は心のなかで、「大きい声で挨拶しろって言われてんねんから、やったらいいのに。なんでやらへんねやろ」と怒られている一年に対して苛立っていた。

教育係の、「はい、次」という声が聞こえた。いよいよ、僕の番が回って来たのだ。こんなことに時間を使ってはいられない。一発で決めようと心に決めて息を大きく吸い、「おはようございます!!」と大声で叫んだ。一瞬、「合格」と聞こえたのは幻聴だった。なぜか二年生達が爆笑している。それにつられて一年生達も笑っている。

なぜだろう？　すると、教育係が「嘘やろ？　びっくりするほど声出てないで」と言った。僕が「えっ！」と驚いた声を上げると、再び二年生達が笑った。先程まで怒られていた当事者さえも笑っていた。教育係に、「なんやねん、それ限界なんか？」と聞かれたので、「すみません！　もう一度やらせてください！」と答えた。

先輩達に、「こいつは先輩が笑っていることに甘えることなく、真面目に本題と向き合いクリアしようとしている。この積極的な姿勢は好感が持てる」という雰囲気が流れた。

危機を好機に変える絶好の機会だった。僕は少しだけ呼吸を整えると、「おはようございます！」と全身を震わすように叫んだ。だが、やはり僕の耳に聞こえてきたのは「合格」

という言葉ではなくトレーニングルームに響く笑い声だった。教育係に、「もうええわ、少しずつ大きい声出せるようにしていけ」と注意を受けて、僕のテストは終わった。

大人になり思春期の頃より大きな声で話せるようになったが、まだその名残はある。そして、なぜか僕の周りにも声が小さい人が多い。

友人と居酒屋で飲んでいると、お互いに声が小さいので、自分が話す時は相手の耳に自分の口を近付け、聞く時は相手の口に自分の耳を近付ける。遠目から見ると、交互に相手の頬にキスをしているように見えているかも知れない。

声が小さいというのが常態化しているので、なにも言葉を発していないのに「なんて？」と聞かれることも多い。「なにも聞こえていない」＝「又吉が話したかも知れない」になっているのだろう。

僕の声が小さくなった理由の一つは声の質だと思っている。変声期の前から予兆はあったけれど、声変わりをしてからは特に自分が話し出すと周りが急に黙ったり、必要以上に丁寧に聞こうとしているように感じることが多くなった。そうなると言葉を発するだけで変に緊張してしまう。場が盛り上がっていても、僕がなにか言うとみんなが黙ってしまうかも知れない。自意識過剰なだけだろうけど、実感としてあるものを無視するのは難しい。

目立つことが恥ずかしくて背の高い人が猫背になったり、歯を矯正中の人が口を開けて笑えないのと似ているかも知れない。そうした僕の声の質が性格や考え方に大きな影響を与えた。

声は言葉が生まれる以前からあった。言葉はある程度意味を確定してしまうからこそ、意思を伝える便利な手段として使用されてきたが、声は意味を未確定にしたままあらゆる感情や情報を含んだ状態を保つことができる。

それは音楽にも共通する。読んだだけでは意味が理解できなかった歌詞であっても、誰かが唄うと急に意味が分かったりすることがある。あれは決して雰囲気に流されているのではなく、音や声には言葉よりも微細な感情や感覚が含まれているからだろう。抽象的な歌詞であったとしても、音が言葉を包んだり、隙間に入り込むことで伝わることがある。

仮に自分がハウリン・ウルフの声を持っていたらと考えたことがある。

高校入試の面接では迫力ある声で面接官に臆することなく応答できただろうし、部活の挨拶では先輩達からアンコールを求められたかも知れない。

芸風もかなり変わっていたはずだ。舞台に登場する時も卑屈に笑ったりはしない。「毎度、ご機嫌さんです！」と叫んでから話し始めるだろう。あの奇跡のような声は誰からも注目を集めてしまうが、その期待に応え続けることができる。あの声さえあれば。

大喜利では険しい顔つきで手を挙げる。司会者が「はい、又吉」と僕を指名する。僕はハウリン・ウルフの吠えるような声で、「アイムシンキング！」と叫ぶ。司会者は、「いや、思いついてから答えろや！」と叫ぶが、僕の声が凄まじ過ぎて誰にも司会者の叫びなど届かない。まだ僕が考えている途中であることだけが劇場全体を支配する。

居酒屋の片隅に座る僕が、「エクスキューズミー」と囁くだけで全ての店員さんが伝票を持って注文を取りにきてくれる。僕がビールとポテトサラダを注文すると、店員さんに、「ご注文を自分で繰り返していただけますか？」とお願いされる。あの声さえあれば。

『モーニン・イン・ザ・ムーンライト』のジャケットでは、満月の下でオオカミが吠えている。ハウリン・ウルフの声に憧れる理由は、その声に哀しみの気配が多分に含まれているからだったと思い出す。

夢みたいなことを考えても仕方がないので自分の声で吠えるしかないのだが、現実では真夜中におとなしいはずの近所の犬に自分だけ吠えられたりしている。

夕暮れに鼻血

小学校に入学して間もない頃、母とドッジボールの球を実家の前で投げ合ったことがある。「ボールを投げたり、受けたりできるようになったんやね」と僕の成長を喜んだ母が一緒にやってみようと誘ってくれたのだ。黄色いボールが僕と母の間を何度か往復したが、長くは続かなかった。高めに飛んできた球が僕の顔面に当たり、鼻血が出たのだ。鼻血で服が汚れないように道路に仰向けで横になった。鼻血ほどは赤くない夕焼けが視界に入った。

母は鼻血が止まらない僕に、「上手くなったね」と言って微笑んだ。真っ赤な鼻血が、「どこがやねん」と叫ぶように噴き出していた。

同じ月を見てたらいいな

小学生の頃、学校のアンケートで「一番仲の良い友達」を書く項目がありとても嫌だった。自分が友達と思っていても、相手はそのように思っていないかも知れない。少しくらいは僕を友達と思ってくれていたとしても、彼にはもっと仲の良い友達がいるだろうから、僕の名前なんてアンケートには書いてくれないだろう。

アンケートを眺めながら、先生達は学校の相関図でも作っていたのだろうか？「古川くんには矢印がたくさん向いているけど、又吉くんには誰からも矢印が向かっていないな」というように。

少し卑屈になってどうしようもないことを考えたりもしたけれど、そんな悪趣味なことを先生達がやるはずがないことも理解していた。学校を休んだ人に仲の良い友達や近所のクラスメイトが宿題のプリントを届けることがあったので、必要な情報だったのだろう。もしかしたら学校内のトラブルを抑止するために役立てていたのかも知れない。

話が逸れるが、熱が出て学校を休んだ時は、NHK教育テレビを観ることができるので嬉しかった。だけど、時間が経つにつれて喋ったりする人形の姿が消えて、大人が真面目に学問を語る高学年向けの内容になり、つまらなくなる。午後にはもう体調が回復してしまい、ただ退屈だけを感じる。母に言われた通り布団に横になり続けていると、腰の下の辺りがむず痒くなり、走りたい衝動に駆られる。家には僕の他に誰もいない。台所に行くと皿の上におにぎりが置いてあるので当然のようにそれを食べる。家の前を通る低学年の児童達の声が聞こえる。「一年、二年はもう終わりか〜」と平凡なことを考えたりする。

それくらいの時間帯になると、急に恐ろしいほどの寂しさに襲われる。一人で遊ぶのには慣れているので、孤独が怖いわけではない。あの時はそれがどのような類の寂しさだったのかよく分からなかったが、誰からも僕の存在が見えていないという恐怖だったのではないか。校庭の隅で一人走っている変な奴と認識されるのとは別の孤独がそこにはあった。

さらに時間が経つと同級生が帰宅する時間になり、通りから子供達が遊ぶ声が聞こえてくる。僕も外に出て遊びたくなるが、学校を休んでいるのでそれはできない。

思い切って外に飛び出してみようかと考えていると、近所に住むクラスメイトがプリントを届けに来てくれる。それまであまり話したことはなかったが、そんな彼のことがとても頼もしく思える。彼の口調もいつもより優しい。彼が帰ってしまうと、また静かな自宅に一人閉じ込められる。退屈と寂しさが極限に達した頃、姉が帰宅する。

そこからはいつもの日常へと戻っていく。そして翌日からは何事もなかったかのように登校する。すると今度は他の誰かが学校を休んでいて、「教育テレビが観られるの羨ましいな」とか、「あいつの家は高柳5丁目だから誰がプリント届けるのかな？」などと考える。前日に自分が味わった午後の退屈と孤独の怖さの記憶はもう薄れてしまっているのだ。

「この間、友達の名前を書くアンケートあったやん？　誰書いた？」

突然、友達に聞かれて緊張する。

「えっ、お母さんが勝手に書いたかも」

本当は質問してきた友達のことを書いていたのだが、傷つきたくないので嘘を吐く。

「そっか！　おれ、まったんとのんちゅんの名前書いたで」と、その友達は無邪気に言う。

「まったん」というのは僕の幼名である。正式には漢字で又吉末端と書く。大人になった自分は傷つく危険がなくても、こうやって平然と嘘を吐く。

「のんちゅん」はまた別の友達のニックネームだった。あの小さい枠のなかに二人の名前を書いたということか。僕は「のんちゅん」の名前を書いていなかった。のんちゅんも同じくらい友達だったけど、もう一人の友達の方が、僕の名前を書いてくれる可能性が高いと思ったのだ。後から聞いたら、のんちゅんも僕を含めた二人の名前を書いていたらしい。

三人のなかで僕だけが友達の名前を一人しか書かなかったことになる。自分の名前が書かれなかったらどうしようという恐怖から逃れることができたけれど、今度は友達の名前を書けなかったという罪悪感に苛(さいな)まれた。あんなものは神に誓っているわけでもなく、ただの事務的な報告に過ぎないのに。

僕のことを友達だと書いてくれた二人とは中学も同じだった。一人とは複雑な事情があり、中一から二年間話さなくなった。仲直りしたかったので、勇気を出して声を掛けようと思った。長い間話さなかったのだから、普通のことでは話し掛けられない。なにか特別なことでなければならなかった。

「なぁ、広島までチャリで一緒に行かへんか?」と中学三年の僕は彼に声を掛けた。

「行く」と同じく中学三年になった彼は一切詳細を聞かずに即答した。

「ほな、のんちゅんと難波も誘って行こう」と僕は言葉を続けた。

結局、大阪から広島まで自転車で行くのは現実的ではないということになり、計画は実現しなかったが、僕達の友情は復活した。

一方で、のんちゅんとはずっと仲が良かった。大きな喧嘩もしたことがない。

大人になったのんちゅんは大変なことがあったらしくて、どこにいるのか分からない。

のんちゅんがこの文章を読むことはないだろうけれど、どこかで同じ月を見ていたらいいなと思ったりする。

って言ってたよ

「誰々が言ってたよ」という言葉が苦手である。

「又吉さんの小学校の同級生が、又吉さんのこと『明るかった』って、言ってましたよ」と伝えられたことがある。この言葉に妙な嫌悪感を抱いてしまったのはなぜだろう。

はっきり申し上げると、僕の記憶にその同級生と名乗る人物はいない。僕が覚えていない同級生が、僕のことを、僕の友人や僕自身よりも詳しく記憶している可能性はどれくらい高いのだろうか。そもそも僕の記憶に存在しないその同級生は、僕の性質を、僕の友人や僕自身よりも詳しく摑めていたのだろうか。

もちろん主観だけではなく、客観的な異なる複数の視点が混ざることで、矛盾を含んだ具体性の高い人物像が浮かび上がるということは理解できる。

だが、「又吉さんのこと『明るかった』って、言ってましたよ」という言葉には、おそらく暗い少年時代を送っていたはずだと予想していた人物の同級生に話を聞いたところ、

「明るかった」と証言したという意外性を捕まえて、「実は明るかった」となにかを暴いたかのように、その当人に伝えてきたニュアンスがある。それが鬱陶しかったのだろう。「第三者が証言しているのだから、それが真実ですよね」とでも言いたいのだろうか。

　誰がどのように自分のことを感じてもそれは仕方のないことだが、自分の大切な記憶が雑な落書きで上書きされるような寂しさを感じてしまうのである。そんな阿呆なことが許されてはたまらない。

「明るい」「暗い」という表現が抽象的過ぎるために起こる問題でもあるが、仮に同級生が僕の「明るい」状態を当時目撃していたとして、一つの状態を確認したからと言って、その瞬間だけを切り取って勝手に全部であるように、確定の判子を押すなよと思うのである。

　自分の性格が暗いと自認している人は、「暗いね」と誰かに指摘された経験があるだろう。それが嫌で少し元気なふりをしてしまうこともあるのではないか。あるいは、自分の性格が明るいと自認している人は、やはり「明るいね」と誰かに指摘され、過剰に明るく振る舞わなければならないと苦しんだことがあるのではないか。反対にネガティブな意味で明るいと言われている可能性を感じて、普段よりも静かになってしまったり。

そういう誰かの行動を制限するような言葉は全て呪いだと思っている。その言葉によってなにを把握して、なにを管理したいと考えているのだろうか。

ここまでの考えを質問したなら、おそらくは、「特に理由はなくて、なんとなく言っただけだよ」という答えが返ってくるだろう。だが、その「なんとなく」に、かなり浅瀬の潜在意識が混入しているように感じるのは僕だけだろうか。

僕が知らない同級生の発言によって、僕が知っていた現実は妄想かなにかでしかなくて、本当は葛藤も混乱もなく、明るい少年時代を送っていたということになってしまうのだろうか。他者による暴力性の高い雑な書き換えは反則だろう。

こちらが考え過ぎているだけで、

「又吉と同級生だよ」

「へー。暗かった?」

「明るかったよ」

「そうなんだ。ところで、なに食べようか?」

という程度の文脈で出てきた会話に過ぎないのかも知れない。

実際にどのような調子で、そのように語られたのか、僕には知る由もない。人の認識には個人差があり、そもそも各々の見ている世界が違うとも言える。それに、人間の記憶が曖昧なものであることも自覚している。だからこそ、なぜ強い嫌悪感を抱いてしまったのか、理由が自分でも気になった。

とはいえ、小学校の卒業アルバムに臨海学校の写真が掲載されていて、水着を着てスイカを手に持ち、友達とカメラを見る眼差しは、自分の記憶よりも明らかに海を楽しんでいるように見えた。自分の記憶と写真に写った現象とを比較するのは難しい。写真に写った三秒後の自分の表情は記憶でしか振り返ることができないのだから。

もう一つ不快に感じた理由が、第三者による客観的な発言が重宝され過ぎていると普段から疑問に感じていたからだろう。

芸能記事に頻出する、「関係者」「某番組スタッフ」「○○をよく知る人物」など、実在するかどうかも分からない語り手の言葉なのに、「実はそうだったんだ」という読後感を引き出せてしまえることに恐怖を感じる。勘の良い人なら、どのような内容でも根拠のない話は鵜呑みにしないだろうけれど、ライターがそれっぽく書くと真に受けてしまう人も一定数いるはずだ。そういう人を食い物にして、悪意の連鎖を拡大させるのは止めた方が良いと思うのだが、商売なのだから止めるはずがない。これこそが呪いの正体。

「誰々が言ってたよ」という言葉が持つ軽薄な説得力が怖い。

以前、「って、明智光秀が言ってたよ。」という題で文章を書いたことがある。

●「信長さんって優しい時の方が怖いんだよね。次の瞬間には怒られるかも知れなくて、その優しさと怒りの幅を恐れているんだと思う」って、明智光秀が言ってたよ。

●「謙信の白い頭巾って、どこで買えるのかな?」って、武田信玄が言ってたよ。

●「ハッピーターンあったら、お茶何杯でもいけますわ」って、千利休が言ってたよ。

これも上記のような寂しさと、投げやりな心境によって書いたものだ。

だるまさんが転んだ

少年時代は大阪府の寝屋川市で過ごした。

全国的に、「だるまさんが転んだ」という遊びがあるが、僕の地元では、「坊さんが屁をこいた」という名で呼ばれていた。遊び方は同じだが、掛け声が「だるまさんが転んだ」ではなく、「坊さんが屁をこいた」となる。僕にはかなり大きな変化に感じられるのだが、どうだろうか？

さらに少し上の世代になると「ぼんさんが屁をこいた」と発声していたそうだ。現在はどうか分からないが、少なくとも一九八〇年代、九〇年代の関西地方では、少年も少女も当然のように、「坊さんが屁をこいた」と路上や公園や学校で叫んでいた。

「そんな遊びするな」と誰かに咎められた記憶はない。だが冷静に考えると、人が放屁したことを大声で周囲に知らせる気持ちが理解できない。

子供の頃、疑問に思えなかった自分を情けなく感じるが、大人になるとその異様な響きに驚かされる。言葉が妙な脱力感を帯びていて、舐め腐っているように感じられる。そもそも、お坊さんの屁に注目し取り上げることが失礼な気もしてくる。

そこで大本である、「だるまさんが転んだ」という言葉を振り返ってみると、だるまというのは、「さん」と敬称が付いていることから、達磨大師のことを指すと思われる。達磨大師は中国禅僧の始祖であり座禅の考案者と言われている。七転び八起きのことわざも、達磨に由来するそうだ。

そんな本来は転ばない（転んでもすぐに起きる）はずの人が転んだという意外性が、「だるまさんが転んだ」という掛け声には含まれている。

それを踏まえると、「坊さんが屁をこいた」という言葉の響きも変わってくる。「坊さんが屁をこいた」にも、「だるまさんが転んだ」と同様に意外性というニュアンスが多分に含まれているのだ。達磨大師とお坊さんという共通項があるので偶然ではないだろう。

誰が最初に言い出したのか知らないけれど、関西の広範囲で親しまれているということは、メディアで影響力のある芸人が考案したのかも知れない。例えば、横山エンタツ花菱アチャコ先生の漫才に含まれていたフレーズだったり、桂文枝師匠の創作落語に、そのようなくだりがあったのではと想像すると楽しい。

自分を律することのできる人物でさえも、転ぶことがある。あるいは、そうなる可能性を持つという視点が面白い。ということは、あの遊びのなかで、「だるまさんが転んだ」「坊さんが屁をこいた」と呼び掛けている時だけ、動くことができた我々の役はなにかというと、煩悩ということになるのかも知れない。達磨大師が転んでいるうちに、お坊さんが屁をこいているうちに、煩悩達は躍動するのである。偉い人でも欲望に囚われ振り回される瞬間がある、ということではないか。

関東と関西でそれだけ違いがあるならば、他の地域でも独自の掛け声があるかも知れない。

例えば、

秋田県では、「なまはげが面を脱ぐ」
福岡県では、「もつ鍋が熱くない」
宮城県では、「牛タンを裏返さない」
香川県では、「おうどんが白くない」
京都府では、「舞妓はんが日サロから出てきた」

奈良県では、「大仏が足くずしている」
沖縄県では、「シーサーが球を追ってどこかへ」
北海道では、「クラークが悲観している」
フランスでは、「ナポレオンが徒歩で来た」
インドでは、「ガンジーがラリアット」
アメリカでは、「エルビスが唄わない」
親世代なら、「坂本九が俯いた」
美食家なら、「洋食店の麻婆豆腐」
昔話なら、「浦島が亀避けた」

というように。

こうして並べてみると、求められていることから逸脱する解放感のようなものが感じられた。煩悩達は、鬼に振り返られても完全に止まることはできずに捕まってしまう。この遊びの特徴は、取り上げられる偉人も鬼も煩悩役も、失敗しやすいということである。完全な存在などいないということを伝えてくれる遊びだったのかも知れない。

愚直なまでに屈折している

小学校に入学すると、学童に通うことになった。学童は中庭の片隅にあった。放課後になると、鍵っ子達は家に帰らず学童の教室に集まる。そして親が迎えに来るまで、本を読んだり絵を描いたり、ボール遊びや缶蹴りをして過ごした。

学童に入ってすぐの頃、僕と同じ名前の「直樹」という上級生がいた。なぜか彼は初めて会った時から僕に冷たかった。顔を合わせるたびに嫌がらせを受けた。それまでにも自分が誰かから嫌われていると感じたことはあったが、そこまで露骨な悪意を他人から向けられたのは初めてだった。自分よりも立場の弱い人間をいじめることで溜飲を下げたり、快楽を得たりする人がこの世に一定数存在することを、その時の僕はまだ知らなかった。

彼の暴力が怖いのではなく、彼の考えを理解できないことが恐ろしかった。会うたびに睨みつけられ、理不尽に文句を言われ、無視すると暴力を振るわれた。彼から距離を取り一人で遊んでいても、必ず途中で見つけられて遊びの邪魔をされた。

時間を掛けて考えた独自の将棋の布陣は、「間違ってんぞ」と言われて破壊された。自由に描いた絵は、「そんなんじゃない」と言って破かれた。僕がやることの全てが気に食わないようだった。泣きもせず許しを乞うこともしない下級生の姿が、怒りを増幅させていたのかも知れない。なぜ、僕のことをほっといてくれないのだろうと悩んだ。

同じ名前を持つ彼のことが、いつからか言葉の通じない猛獣のように見えるようになった。こんなに狂っているのだから、僕はこの人に竹馬で頭をかち割られるのではないか、ドブ川に投げ込まれるのではないかと不安になった。

ある日、その上級生に叩かれたり蹴られたりしたので、走って逃げた。彼は鈍足だったが中庭をしつこく追い掛けてきた。早く帰りたいけどまだ夕暮れだから帰れないと思った。中庭に石が転がっていたので、それを拾って思い切って投げたら彼の頭に命中した。

その場に倒れた彼が大声で泣き始めたので、学童の教室から次々に児童が出てきた。彼は自分の頭を手で触り、少し血が出ていることを確認すると、もっと大きな声で泣いた。「俺がやられたんだ！」と主張するような泣き方だった。血は少ししか出ていないのに。

自分が犯した暴力を、怖いとは思わなかった。鼻息の荒い猛獣を、なんとか撃退できたという安堵の方が大きかった。だが、みんなが僕を見ている状況が苦しくなり、校舎の裏に走って逃げた。中庭よりも空が狭い校舎裏には既に夜の気配があった。無数の蝙蝠が風に翻り地面に近いところを飛んでいた。

「とんでもないことをしてしまった」という感覚は一切なく、「なぜ僕がこんな目に遭わなければならないのだろう?」と自分のことばかり考えていた。あいつとは絶対に分かり合えない。「こんな嫌なことが当然のように起こり続けることが、人生なのかも知れない」と考えて哀しくなった。

石を投げたことを怒られたかどうかは記憶にない。彼が僕にしつこく干渉していた理由は、同じ直樹という名前だったからだと、事後処理をする大人達の会話で知った。先生が僕のことを、「直樹」と呼ぶのを聞いて、自分の大切な名前を奪われると不安になったのかも知れない。その後、彼に怯えることはなくなった。僕を嫌う理由が分かったからだ。

直樹という名前を彼は誰にも渡したくなかった。一方で、僕はあんな奴と同じ名前ならいらないと思った。高学年になり学童を辞めてからも、彼と校舎ですれ違うことがあった。「あっ、直樹君だ」と声を掛けようとするのだが、彼は絶対に、僕と目を合わそうとしなかった。

「名前の候補は他にあったん?」と父に聞くと、「はやとと直樹で迷ったんや」という答えが返ってきた。「はやと」ならクラスにも学童にもいなかったのにと悔しく思った。

それから僕は自分のことを直樹だと思わないようになった。大阪では、又吉という名字が珍しかったので、そちらが呼び名として定着したこともあり、誰も僕のことを直樹とは呼ばなかった。テストで名前を書く時も、「画数が多いな」くらいにしか思わない。自分のなかの直樹性を弱めたことが功を奏したのだろう。

中学校でも高校でも、周りに直樹という友達や後輩がいて、僕はなんの違和感も持たずに彼らのことを「直樹」と呼んだ。誰も「おまえも直樹やんけ」とは指摘しなかった。家族といる時だけ僕は直樹に戻り、それ以外の場所では又吉でしかなかった。

直線の「直」に樹木の「樹」と書いて直樹。その名は真っ直ぐな木のような素直さと強さを連想させるが、名前を失ったことで僕の心は屈折してしまったのかも知れない。

十年以上前に、「愚直なまでに屈折している」という自由律俳句を詠んだ。自分のことだ。素直さを失って木の幹が曲がり続けた結果、一回転してまた幹が空に向かって伸び出した。なにも疑わないことと、なにかを疑い続けることは、その対象へ捧げる情熱という意味ではよく似ているのかも知れない。僕は愚かになることで、自分の「直樹」を取り戻した。

最近は、この名前を気に入っている。名前を付けてくれた父と賛成してくれた母に感謝。

ゴミではない

幼い頃、長姉の誕生日に貯金箱を作ったことがあった。材料は画用紙と色鉛筆とセロハンテープのみ。姉を驚かせたくて、家族に黙って一人で制作を進めることにした。画用紙をハサミで切り、色鉛筆で絵を描いた。

ようやく形になりつつあった貯金箱を眺めて休憩していると、なにも知らず掃除をしていた父に、「これ捨ててええやつか?」と聞かれ、思わず「うん」と答えてしまった。自分なりに時間を掛けて作ったものをゴミと思われたことが恥ずかしかったのだ。貯金箱は完成することなくゴミ箱に捨てられてしまった。半べそを搔いていると、長姉に、「どうしたん?」と聞かれた。自分で捨てることを了承した癖に、「作っていた貯金箱を捨てられてしまったのだ」と言った。長姉がゴミ箱から貯金箱を救出してくれたのだが、「これはゴミやわ」と自分でも思った。

家で飼えない孤独

孤独という言葉は寂しい感覚を表現したものとして使われることが多いけれど、人間にとって重要な時間が含まれた言葉でもある。

「天涯孤独」や「身寄りがない」という意味で使われる孤独ならば、それは当事者を苦しめるものでしかなく、そのような境遇で苦しむ人がいない社会に成熟していくべきだろう。だが一人の時間を過ごすという意味に於いての孤独ということなら、少なくとも僕にとってはとても大切なものだ。

子供の頃、大阪の狭い住居に家族五人で暮らしていたので、自分だけの空間を家のなかで作ることは不可能だった。家のどこにいても家族の気配を感じてしまう。そんな環境にいた少年時代の僕にとって、孤独は贅沢なことでもあった。

耳を澄まさなくても、「カチッ、カチッ」と台所からガスコンロがなかなか点火しない音が聞こえるし、母が新聞紙を静かにめくる音が聞こえる。

家の前で車が停まりドアの開閉音が聞こえたら、父が仕事から帰ってきたということだ。玄関の扉が開き、閉まる。脱衣所へ続く引き戸がガタガタと音を立てたら、父が作業着と汚れた靴下を脱いでいるのだろう。

その後、父は足を洗うので風呂場から水が流れる音が聞こえるはずだ。季節によっては、「冷たっ」という声が聞こえることもある。

なぜ冬になると水が冷たくなるということを学習しないのだろうと思ったりもしたけれど、似たような失敗を僕も繰り返すので人のことは言えない。

しばらくすると、缶ビールが勢いよく開けられる音がして、野球中継の歓声が聞こえてくる。父から逃げるようにリズミカルな音で階段を上るのは長姉で、沈んだ音を立てるのは次姉だった。姿を見なくても音だけで家族の動きが分かる。

学校から持ち帰った悩みを抱えて一人思索に耽りたいと思っていても、学校指定のジャージを着た次姉が、「直樹、今週のジャンプ読み終わった?」と話し掛けてきたりする。哲学者が育ちにくい典型的な環境だった。

孤独な環境で過ごすことを余儀なくされている人がいるという悲惨な状況を考えると、僕はとても幸福な時間を過ごしていたのだろう。それでも、身の回りで起こることを消化するための時間がどうしても必要だった。

両親は職場で働き、子育てをしながら様々な出来事を消化していく五臓六腑の強さがあったが、それが僕にはなかった。

例えば、担任の先生から、「もう寒いから明日から長袖を着てこい」と声を掛けられている同級生を眺めながら、「僕も半袖やのになにも言われへんのはなんでやろう？　僕は風邪をひいてもいいと思われてるんやろうか？　それとも僕は風邪をひかへんと思われてるんやろうか？　もし、明日の朝起きて寒いと感じても僕は先生になんも言われてへんから長袖を着たらあかんのかな？　でも鼻水垂らしながら半袖で登校してたらアホやと思われるよな？　そもそもアホやからええんか？　あっ、先生は僕のことをアホやと思ってるんや」などと考えてしまう。

こんなことを父に相談したとする。機嫌が悪ければ「あ？　知るか」という反応だろうし、機嫌が良くても「アホか、自分の好きにせえ」くらいの答えしか返ってこない。余程機嫌が良かったら、「一年中、半袖で行ったれ」と奇抜な反応が返ってくるかも知れないが、それはそれで困る。

母に同じ相談をすると、「そうなの？　からあげ食べる？」とか、「そうなの？　半袖の友達は元気?」などと、父とは種類の違う期待外れな答えが返ってくる。

どうでも良いようなことでも立ち止まって考え込む僕からすると、そんな悩みを軽々と乗り越えていける特殊な装置を、両親が搭載しているように見えた。それは大人になれば誰でも装備できるものなのかも知れないけれど、その頃は僕がただ弱い人間なのだと思った。みんなが自分で解決している悩みを、僕だけ人に相談するわけにはいかない。日々の悩みは自分で乗り越えなければならないと考えるようになった。そのためには孤独な時間を自分で作らなければならなかった。

家のなかを探しても孤独は落ちていないので、一人の時間を過ごすには外に出て自分の居場所を探す必要があった。教室の片隅で一人になることも好きだったし、一人で近所を歩いたり走ったりすることも好きだった。いつも夜遅くまで公園でボールを蹴ったり、ベンチに座って考え事をするようになった。ちなみに小学校六年の時の僕の門限は、夜の八時半だった。そんな時間まで一緒に遊んでくれる友達などいないから、最後は一人になる。

たまに友達が、「俺も一緒に夜練やりたい」と声を掛けてくれて参加することもあったが、しばらくすると公園に姿を見せなくなる。みんな僕に飽きてしまうのかも知れない。それでも僕は自分に飽きることなく、一人の時間を大切に過ごしてきた。

もちろん両親が心配しないわけではない。あくまでも公園でサッカーの練習をしているという理由で門限を緩くしてもらっていただけなので、午後九時を過ぎても家に帰らずにいると、母が公園まで様子を見に来てくれることもあったし、缶ビールが入った袋を手に持った父の姿を見掛けることもあった。もしかしたら父も僕のことを気にしてくれたのかも知れない。いや酒が飲みたかっただけか。

あれだけ孤独に憧れていた癖に、真夜中の公園に一人でいると不安になることがあった。それでも平気な顔をして家に帰る。すると、家族の気配を感じて安心する自分に気付く。あの頃、僕は家で飼えない孤独を公園に通い、少しずつ育てた。一人では到底、両親の強さ（それは弱さを伴った時間を内包したものだろうけれど）に太刀打ちできなかった。家族の存在に触れていると安心してしまい、やる気が削がれるという面倒な性分も自覚している。

十八歳で地元を離れ東京で暮らそうと考えたのは、通いで飼っていた孤独と向き合う必要があったからだ。『火花』『劇場』という小説を書いた時、「両親のことですか？」という指摘があったけれど、確かに無関係ではない。ボールを蹴っていた公園も東京のアパートも大差はない。少し耳を澄ませば家族の気配が感じられる。

東京での生活は二十年を超えた。友人も知り合いも随分増えた。たまに知らない街の酒場に一人で入る。常連らしき酔客に挟まれながら黙って飲んでいる。それくらいの孤独が寂しいはずがない。

命がけの指導でした

証明写真が必要な書類を提出しなければならなかった。氏名や住所は全て書き込み、あとは証明写真を貼るだけだった。事務作業が苦手な自分としては上出来だった。
だが、その最後に残された工程は僕が最も苦手とする作業の一つだった。

一旦、なぜか少年時代のことを語り始めますが、驚かないでください。

子供の頃から事務的な手続きがとにかく苦手で、提出物などを期限通りに出せたことがほとんどない。教室で先生がクラスメイトからプリントを回収し始めると、一人だけ挙動不審になった。「その紙はなんや？　そんなん見たことないぞ」という状態に陥ってしまうのだ。
本当は、数日前に先生が配っていたことを覚えていたりもするのだが、みんなが当然のように提出するので自分だけが忘れたということに耐えられず、知らないフリで逃げ切るしかないと思っていた。机の下の引き出しに手を伸ばすと、ぐちゃぐちゃになった紙の感触があった。多分、これがその紙なのだろう。

だが、隣の席に座るクラスメイトのプリントを覗(のぞ)くと、署名捺印がある。あれがあるということは、字の上手い友達に署名してもらったとしても、印鑑がないから駄目ということだ。残念な気持ちで紙をもっと引き出しの奥へと押し込んだ。

黒板の隅には日直の名前が書かれていて、その上に「忘れもの」という文字があり、そこには提出物や宿題を忘れた生徒の名前がチョークで書かれる。『算数の宿題のテスト　又吉』とか、『プリント　又吉』というようなことだ。忘れ物を提出すると消してもらえるのだが、僕の名前は一年を通してずっとそこにあった。いっそのこと、『忘れものをしないという気持ち　又吉』と書いてもらいたかった。

ここまでは小学校二年生までの、僕の話である。その頃までは、まだ僕も自分の可能性を信じていた。だが三年生になると、僕は宿題を提出することを放棄してしまった。宿題をやらなくなってしまったのだ。夏休みの宿題も提出していない。だからまだ今も、僕の名前が黒板の隅で消されずに残っているかも知れない。

通知表も、三年生になってからは親に見せられなくなった。「よくできる」「できる」「がんばろう」の三段階で評価がつくのだが、九割の項目が「がんばろう」だった。

先生のコメントの欄には、「命がけの指導でした」と書いてあった。「授業を聞いていない」とか「集中力がない」とか「協調性がない」とか「ルールを守れない」などの言葉も並んでいたが、「命がけの指導でした」という言葉がとにかく強過ぎた。

母はほとんど怒ることがなかったが、担任の先生に命を懸けさせたことを知られてしまうと、さすがに怒る可能性がある。とはいえ、母は何度も学校から注意を受けていたので、ある程度のことは把握していただろう。

自分のことを語るのって恥ずかしいですよね。でも自分のことしか書く気がしません。

このように自分の弱点を露呈してしまう原因は、誰かになにかをやらされているから、という一点に尽きる。自分で進んでなにかに取り組む時は、人の話も聞けるし集中するし、仲間と力を合わせることもできる。

自分がやりたいことはすぐに行動に移すことができるのだが、誰かに勝手に決められたことは億劫に感じて思考が停止してしまうのだ。「やれ」と勝手に決められたことについて、考えるだけで辛くなり眠たくなってしまう。

ちなみに小学校三年、四年の時の担任は五十代の女性だったが、途中から僕の個性を理解してくれるようになった。ある日、学校の中庭で先生に名前を呼ばれ、二人で非常階段に腰掛けて会話を交わした。先生に急に呼び止められた時は、また怒られるのだろう、と思っていたが、そうではなかった。

「先生なぁ、なんか又吉くんのこと最初は怖かってん。なに考えてるか分からんっていうか、ちょっと変わってるところあるもんなぁ？　だから、大丈夫かな？って心配になってな、クラスの何人かと学童の下級生に、『又吉くんのこと怖くないか？』って、先生聞いて回ったんやで。クラスの子達は、『ちょっと怖い』って言う子もおったわ。でも学童の下級生達は、『全然怖くない、むしろ優しいで』って教えてくれたわ。『好きか？』って聞いたら、みんな『めっちゃ好き』って言うてたわ。先生が間違えてたんやなぁ。又吉くん優しかったんやな。いや、そんな気はしててんけどな」

思わず「嘘つけ！」と言い掛けたが、先生が真剣に考えてくれていたことがよく伝わった。

三年生の頃の自分は、クラスメイトから「ちょっと怖い」と言われてもなにも感じない精神状態だった。人が自分のことを良いように思うことはないだろうし、嫌われて当然のように考えていた。だが、下級生が「めっちゃ好き」と言ってくれたことは嬉しかった。

そして先生は、「又吉くん後期の学級代表やり」と唐突に言ったが、その言葉はあまりにも飛躍し過ぎていたので、「無理です」と笑って断った。

だが、それから先生は学校で会うたびに、「又吉くん、学級代表やり。このクラスを変えられるのはあんただけや」と声を掛けてくれた。どこで、そんなにも評価が変わったのだろう。先生は下級生の言葉を一番真に受けたのかも知れない。ちなみにクラスメイトが自分のことをあまり好いていないというのは誤解などではなく、妥当な判断だったと思う。協調性という言葉を知る前だったので、好かれる理由がなかった。

「学級代表」とは学級委員長のことで、真面目で成績が優秀な生徒がやるという印象が強かった。だが、忘れもの王、遅刻王、授業抜け出して帰ってこない王、通知表「がんばろう」王、好きな掃除だけやり続ける王、教科書読まず国語便覧と地図帳貪り読み王、真冬も半袖で登校する王、の僕に先生は声を掛けてくれたのだ。そのことは純粋に嬉しかった。

ただし、ホームルームで学級代表を決める選挙に立候補していたとしても、僕に投票する人はいないので、絶対に当選はしなかったはずだ。

今、文字に書き起こしてみると、先生はとても素直な人だったのだろう。かなり時間を割いて僕と向き合ってくれた。当時の僕にとっては、それこそが嬉しくて、先生の期待に応えたいと思うようになった。「なにをすればこの先生は喜んでくれるだろう？」と自分の頭で考え始めたことは大きい。

それまでは非常階段の側の壁に「ブラックピューマ」という謎の文字をスプレーで描き、その落書きの真下に置かれた土管で佇んでいることが最高に恰好良いと考えていた少年が、社会に足を一歩踏み入れた瞬間だったのかも知れない。


もう少しだけ、自分の記憶にお付き合いください。まだ続きます。


僕はその時期のことを事細かに語ることを長年避けてきた。

十年ほど前に自伝を書く機会をもらった。「幼少期」のことを書いて、「小学校二年生まで」のことを書いて、「もう少し分量があれば本になるので、三年生から四年生のことを書いて欲しい」と編集者に言ってもらったが、どうしても三年生、四年生のことが書けなかった。人前に曝していいような恥ではないと深刻に捉えていた。

だが、数年前に出演したテレビ番組で、当時の僕の体験を初めて話すことになった。

それまで語らなかった理由は、奇を衒っていると思われるのが面倒だったからだが、自分の経験を話すことが内容によっては露悪趣味と捉えられ、武勇伝を語っているように意地悪く曲解されるのが嫌だったからでもある。

それなら、「地味で誰の印象にも残っていない」と話をぼかしておいた方がいいと思ったが、それはそれで狡いのかも知れない。

番組の事前打ち合わせで、「人生で謝りたい人とかいませんか？」とスタッフさんに質問された時、真っ先に三、四年生の頃の担任が頭に浮かんだのだ。その先生が元気なら、迷惑を掛けて申し訳なかったということと、先生の教えを実行した結果、苦手だったことのいくつかは改善できたということを報告したいと思った。

先生は番組に僕宛ての手紙を送ってくれた。

テレビなので、「又吉くんは気にしているかも知れないけど、自分で記憶しているようなそんな大変な子供ではなかったよ」というようなことが手紙には書かれているのだろうと都合良く予想していた。だが先生は、手紙の冒頭で「本当に命がけの指導でした」と書いていて、やっぱりそこは譲れないんだなと改めて反省した。

先生の手紙は、「そうやって子供は学んでいくものだし、他の人とやり方が違うだけで気にするようなことじゃない」と励ましてくれる有難い内容だった。

先生から受けた影響はかなり大きい。先生が、下級生に優しくしているという部分を評価してくれたのが嬉しくて、未だに自分よりも後輩や年下や若者を見ると、彼らがいかに過ごしやすいかということを優先して考える癖が付いた。

だが、その対象を後輩や年下に限定したのは僕であり、先生ではないと途中で気付いた。立場や年齢は関係なく、関わる全ての人が健やかに過ごせるに越したことはないと考え方を改めなければならないのだろう。僕はそこまで上手くはやれないから、せめて人に迷惑を掛けることは極力控えるようにしたい。いや、これからもきっと迷惑は掛けてしまうだろう。


語りにくかったことが、文章だと素直に書けてしまうから不思議です。

ただ、あれだけ宿題を提出するのが苦手だった僕が、大人になって毎日のように宿題の原稿を提出していることが、もっと不思議なことでもある。

ところで、僕はなぜ問題児認定を受けてしまったのだろう。勉強ができなかったということだけでは説明できないだろう。正直、性格や行動は大人になった自分とそんなに変わっていない。今よりは少し荒かったかも知れないが、暴力的な衝動も抑えられていた。一般的な少年の範疇だろう。みんなに無視されても気にしないいし、誰かを無視することもない。ただ、知らない人と積極的に話す少年ではなかったので不愛想ではあっただろう。

やはり問題点は、「好きなことしかできない」というところだ。授業が聞けない。聞いていても途中から違うことを考えてしまう。気が付くとノートに絵を描いたり、ネタを書いたりしていた。国語の授業では物語の続きが気になって、勝手に先を読んでしまう。読み終わると、次の物語を読んでしまう。全部読んだら、国語の便覧を読み、最終的には家から持参した漫画を読んでいた。ずっと部屋のなかにいると、外の空気が吸いたくなる。「少し外の空気吸ってきます」と言い残して教室を出る。そのまま一時間帰ってこない。サボっているわけではない。いろんなことを忘れてしまうのだ。なにか考えごとをしていたらクラスメイトが走ってきて、「又吉いました!」と叫んでいる。みんなで僕を探してくれていたのだろう。体感では五分くらいしか経っていなかった。学校の黄色い帽子を汚し、マジックで好きなマークを描いて被る。「ストーブの位置は教室の真ん中にあった方が良いんじゃないですか？」と提案する。温度が平等じゃないと感じたからだ。「黒板の近くで立ったまま授業を受けていいですか？」と提案する。ずっと座っていたら疲れるからだ。勉強ができない少年の典型のような質問を繰り返す。授業が辛いから、僕の知りたいことを先生に聞く。それが分からなければ先に進めない、ということを言い訳にして、嫌なことから逃亡する。とにかく苦手なことから逃げていたのだろう。

廊下を歩いていたら、他の学年の先生に「きみが又吉くんか？　職員室で噂になってるよ」と言われたことがあった。みんなが普通にできることができないというのは、なかなか目立ってしまうようだ。たまに気にすることはあったが、世界はそういうものなんだろうと考えるようになった。

小学生の時に、僕は大人になっても会社で働くことは絶対に無理だと思った。芸人になるしかないと思った。芸人になってみると、形は少し違うけど僕と同じような少年時代を歩んできた人がたまにいて、気持ちが楽になる。

僕が四年生の時に、先生は体調を崩して学校を長期間休まれた。代わりに他の先生が臨時の担任になった。先生が学校を休んだのは自分のせいだと思った。先生は本当に命懸けの指導をしてくれていたのだろう。

そろそろ少年時代の語りを終えます。

先生の指導で大人になった少年は証明写真が撮れるのだろうか。

とにかく、住民票や印鑑証明を市役所にもらいに行くのが苦手で、前日から憂鬱になる。当日の朝も、市役所に行かなければならないことを考えると、布団から出られない。「あれっ？　俺、市役所余裕で行けてるやん」という浅い夢を何度も見る。目が覚めて、布団のなかにいる自分に気付き絶望する。布団が分厚い皮膚と化したかのように優しい。その優しさが自分をだらしなくする。

ようやく起きても、なかなか動き出せない。市役所に行くことを考えたくないのだ。実際のところ、市役所で嫌な思いをしたことはない。みんな丁寧に説明してくれるし親切な人が多いという印象が強い。だが、あの雰囲気が巨大な職員室のようで、つい緊張してしまうのだ。

それに、市役所はバスに乗らないと辿り着くことができない場所にある。駅の近くにあれば、カレーを食べた帰りや文房具店でノートを買った帰りに寄ることもできるのだが、賃料を節約するためなのか、駅から離れた場所に市営グラウンドや市民プールと纏まって建っていることが多い。

バスに乗り込んでからも、そのバスが市役所に着くかどうか確信が持てず、ずっと不安が続く。途中で「このバスは市役所には着かないのではないか」という疑念が強くなる。すると、半ば無意識に降車用のボタンを押してしまい、わけの分からないバス停で降りてしまう。そこで改めて時刻表を確認して、さっき僕が乗っていたバスが市役所で停まることを知り、また絶望する。確かに電光掲示板に「市役所前」と表示されていたのだから停まるに決まっているのだけれど、表示されていなかったはずのバス停にも何度も停まるため、怖くなってしまうのだ。

次のバスはまだ来そうにないから、市役所までは歩かなければならない。さっきのバスを降りなければ今頃は市役所に着いていたのに、と後悔するがどうすることもできない。

ようやく市役所に辿り着くと午後五時を過ぎていて、「本日の受付は終了しました」という立て看板に打ちのめされる。もっと早くに家を出るべきだったと自分を責めたり、なんでバスを降りたのだと自分を責めたりする。

このような経験をしたのは、人生で一度だけかも知れない。なのに、まるで何度も経験したかのように嫌な感情と共に思い出してしまう。

少しだけ二十代の頃の嫌な話をしますね。

二十代の頃、収入が驚くほど少なかった。確定申告では、自分の衣装代や交通費を計上しなければならない。どう考えても赤字なのだから、衣装代や交通費などの経費を正しく書き込めばそれが認められて、いくらか還付金が振り込まれることになる。若手芸人達は、それをボーナスのように楽しみにしていた。

だが僕は、税務署に行くのも市役所に行くのと同じくらい怖かったので、毎年確定申告に行っても、衣装代0、交通費0、接待交際費0と申告していた。

税務署の人は優しく、「交通費や衣装代が0になっていますけど、よろしいんですか?」と聞いてくれる。だが、不慣れな環境に戸惑っている僕は、一刻も早くその場所から立ち去りたいと考えているため、税務署の人の優しい言葉も僕の邪魔をする敵の言葉のように聞こえていた。

「衣装代掛かりますよね？　いくらくらいですか？」と、税務署の人はペンを持って書き込もうとまでしてくれている。だが、「領収書を後で持って来てくれ」と言われたら、また税務署に来なければならない。それだけは絶対に避けたいので、「0で大丈夫です。掛かってないです」と答える。「交通費は？　お仕事で電車とかバスに乗りますよね？」という質問に対しても、「0で大丈夫です」と答える。職業の欄には「芸人」と書いていたので、税務署の人は驚いただろう。僕はどれだけ遠い現場でも、仕事には徒歩で向かい、どこにも宿泊しない。歩き続けているか少し休む程度なのだろう。衣装は裸か親が選んで買ってくれたもの、あるいは絶対に衣装ではあり得ないと断言できる私服だけを着用している芸人ということになる。

本当なら経費が数十万円戻ってくるはずなのに、税務署が苦手という理由でそれらを放棄して、家賃二万五千円の風呂なしエアコンなしのアパートに帰宅していたのだ。

相方や芸人仲間は口を揃えて、そんな僕のことをバカだと言った。自分でも愚かだなと思う。苦手意識をどこかで克服しなければならないとも思っていたが、二十代の頃はそれができなかった。

ここからは少し気持ちが楽になりますよ。大人になりました。

あらゆることを柔軟にこなせる大人に憧れはするけれど、どうやら僕には難しかったようだ。同世代の人が簡単に処理できることができない。僕と同じように苦手だったとしても、苦心して乗り越えている人も沢山いるのだろう。心から尊敬する。

一つのことだけに時間と労力を掛ければ市役所で印鑑証明を受け取ることはできる。だが、同じような複数の手続きを同時に進行することはできない。それなら手続きを完了させることで得られる権利は諦めて、空いた時間で公園のベンチに座り夕焼けを眺めて過ごすことにする。

最近は、初対面の人がいる食事会にも参加できるようになったし、楽しむこともできる。ただ、いつものように話すことはできない。オブジェのように置かれただけの物体になってしまう。それも連日続くと熱が出て寝込むことになる。それなら新しい出会いと美味しい料理は諦めて、空いた時間で完璧なペヤングを作って食べる。そして、ベランダで月でも眺めながらビールを呑むことにする。

宿題を提出せず、授業も受けずに好きなことをやっていただけの少年時代と本質はなにも変わっていないのかも知れない。いろんなことができないままだけど、小説や漫画を読むことはできるし映画や演劇を観ることもできる。苦手なことで不利益を被る(こうむる)ことはあるけれど、空いた時間で好きなことを他の誰かよりも楽しめると思うと、これで良いんじゃないかなとも思えてくる。

「社会性に乏しいみたいなのって、物作る人間としての自己演出なんじゃないの？」というような意地悪な言葉には、「恥ずかしいじゃないですか、勘弁してくださいよ」と適当に笑っていれば、大概は喜んでくれる。そんな言葉のせいで苦手な人もできるふりを強いられるのだが、それを主張しても相手には伝わらない。疲れている時は無理せずに無視してしまえば二度と会わなくて済む。

そして、教室の机に彫刻刀で落書きを彫った時のような集中力で、面白いものを作れたら楽しいだろうなと思う。

最後は、「こいつなに言ってんの？」みたいな終わり方になります。

それでも、たまに余裕があれば市役所で苦手な手続きをやり遂げたいし、食事会に顔を出して、新しい価値観にも触れたい。少しずつでもできることが増えることは良いことだ。自分で自分を規定しないし、他人にも規定させたくない。

そんな日々の暮らしの一歩として証明写真を撮らなければならない。次はいよいよ証明写真について書けるだろう。

証明写真機

長々と自分ができないことを言い訳のように説明してきたが、そんな自分を変えたいという気持ちは本物である。なにかをできないことを、「できない理屈」で乗り越えるのはもう止めにしよう。「できなかった」という事実と正対することで、できるようになるかも知れない。だから、「確かにできなかったけど、できなかったことで新しい視点だったり、新しい物語の道筋を見つけることができたし、これはこれで良かったんだよね」というのもなしにしよう。物語や妄想へ逃亡するのは止めだ。

そんな乗り越えなければならない壁の一つに、証明写真を添付してポストに投函しなければならない書類があった。これを成功させれば、自信も付くし成長に繋がるはずだ。

ちょうど良いタイミングで仕事の空き時間ができた。その近辺で証明写真機を探すことにした。スマホのアプリを開き地図上で確認すると、徒歩七分の場所に証明写真機があるようだった。正直、その時点で僕は越えるべき壁の低さに物足りなさを感じてしまうほど余裕があった。その余裕を証明写真に変えるため、早速、行動に移すことにした。

地図では新宿のラブホテル街の真ん中に、証明写真機が設置されているようだった。なぜ、そんなところに証明写真機があるのだろうと不審に思ったが、新宿には飲食店をはじめ無数の店が存在するので、面接の数も必然として膨大な数になる。ということは、面接の際に必要な証明写真機もあらゆるところに設置されていたとしても不思議ではない。いつの日かテレビから、「答えは、新宿です！」と発表する司会者の声が聞こえてきて、なんだろうとテレビを振り返ると、「東洋一、証明写真機が多い街はどこでしょうか？」という問題がテロップで表示されているかも知れない。

そのようなことを呑気に考えていられるほど、勝利を確信した僕の足取りは軽かった。しかし、なにとの勝負なのだろうか？　これは証明写真機との戦いなのか？　それとも手続きとの戦いなのか？　いや、これはあらゆることを果たさずに生きてきた、怠惰との戦いだった。その怠惰と遂に決着をつける時が来たのだ。

しばらく、一人で重要ではないことについて考えていたために、自分がどれくらい歩いたのか分からなくなってしまった。再びスマホで地図を確認すると、目的地にしていた証明写真機を通り過ぎていた。地図上では、出発した地点と現在地の間に証明写真機の印が立っていた。ということは出発地点から証明写真機までが七分だったので、ここまで単純計算で十四分歩いたことになる。同じ道を戻るとやはり十四分掛かるだろうから、それだけで約三十分を浪費してしまったことになる。そのうちの半分は必要な時間だったが……、と考える時間がまた無駄になっていく。

ここから撮影に要する時間を考慮すると、そんなには贅沢に時間を使ってはいられない。最初の漠然とした予定では、証明写真の撮影を終えてもまだ充分に時間が余るだろうから、証明写真の撮影に成功した記念として、ウイニング蕎麦を食べようと思っていたのだが、この調子ではウイニング蕎麦を食べる時間はなさそうだ。

だが、ウイニングおにぎりくらいならまだ間に合うだろう。頭に浮かび掛けた不安の文字を消して、来た道を少し早足で引き返した。

だが、僕の頭のなかで、「最初からちゃんと場所を確認していたらこんなことにはならなかったんだぞ」という囁きが聞こえ始める。「どうせ、また失敗するんだろう」とも。鼓膜にこびり付くような不気味な声が響く。

『走れメロス』と構造が似ているかも知れないと考え掛けたが、メロスと僕では賭けているものが全然違う。彼が間に合うかどうかには、友人であるセリヌンティウスの命が賭けられている。僕は自分の身分を証明するために歩いているだけだった。そんなことを考えているうちに、また証明写真機を見失うかも知れないので小まめに地図を確認する。すると、どうやら僕は目的地に到着しているようだった。

証明写真機は地図で示された場所にちゃんとあった。その時、無機質な白い箱がなぜか妙にかわいらしく見えた。しかし、壊れていた。見事に壊れていた。ふざけんなと思ったが、それは誰がふざけているのだろうか。突き詰めて考えると、この状況をもたらした僕なのではないか。いつだって、ふざけているのは自分自身でしかない。

証明写真機のなかの椅子に一人で座ったまま、途方に暮れた。薄いカーテンの外を歩行者が通って行く。まさか証明写真機が壊れていたということを受け入れられず、その椅子に座ったまま呆然としている男がいるとは誰も思わないだろう。

業者の電話番号が表示され、「故障の場合はご連絡ください」と書いてはいるが、今から連絡してこの証明写真機が直ったとしても、僕が使えるわけではない。「だから連絡しない」と考えた人ばかりだったから、この状態が続いているのだろう。その結果が壊れているということなのだ。集金に来た時に、「おかしい、あまりお金が入っていないぞ」となり、ようやくこの故障が発覚するのだろう。ということは、まだ故障して間もないということだ。そっと証明写真機に触れてみると、まだ温かかった。さっきまでは生きていたんだということが分かった。僕がもう少し早くここに辿り着くことができていたなら。

メロスはセリヌンティウスを救い、僕は証明写真機を殺した。もう世界に僕が証明されることはない。誰も証明してあげることのできない白い箱のなかで、誰にも証明されることのない男が座っていた。

「僕達って似ているのかも知れないね」

どこからともなく声が聞こえた。それは証明写真機の声だと感覚で分かった。

「全然似てないよ。だってキミは沢山の人の写真を撮って、証明してきただろ？　そして役目を果たして疲れてしまったんだよ。でも僕は､ずっと自分の身分を証明できないんだ」

「キミだって身分を証明できるよ。そのためにはここから早く出て、他の証明写真機を探すんだ」

「もういいんだよ。変な話だけど、写真が撮れないキミと出会えて妙に落ち着いている自分もいるんだ」

「なに言ってるんだ！　ここにいたらダメだ！」

「僕が世界に証明されないなら、そんな世界はないものとして考えるよ。キミとのここだけが僕の存在する場所なんだよ！」

僕がそう叫ぶと、薄いカーテンの向こう側の世界が暗闇に包まれてしまった。誰かの悲鳴のようなものが聞こえた。

「違う！」

証明写真機はそんな世界を認めようとしなかった。

「もういいんだよ」

僕はもう全てを諦めていた。

「じゃあ、俺が撮る！」

「えっ？」

証明写真機はお金も入れていないのに、バシャ！バシャ！と何度もシャッター音を鳴らしながら、僕の顔を撮影した。

「止めろ！　そんなことしたら、キミの体力が持たない。バッテリーが上がってしまう！」

「かまうものか！」

バシャ！バシャ！バシャ！バシャ！バシャ！

「まだメンテナンスすれば、キミは現役で活躍できるんだ！」

バシャ！バシャ！バシャ！バシャ！

しかし、そのシャッター音の勢いとは裏腹に、いつまで経っても写真は現像されなかった。証明写真機は遂に「ごめんね」と泣き出してしまった。「キミが謝ることじゃないよ」といくら説明しても、証明写真機は泣き止まなかった。

だから僕は自分の正直な気持ちを証明写真機に伝えることにした。

「いつも現実から逃げてばかりいた僕に、キミは勇気をくれた。僕はいつか必ず証明写真を撮り、自分の身分を証明してみせるよ。そう思わせてくれたのはキミだ。僕を物語に逃がさなかったのはキミなんだよ」

証明写真機は静かに話を聞いてくれた。

そして僕は、自分のスマホを取り出し、証明写真機と自分のツーショット写真を撮影した。身分を証明することは叶わなかったが、証明写真機との友情は証明することができた。

詩ではなくて、

遠くから見てごらん
マスクしてるように見えるだろ
消しゴムなんかじゃ消えないよ
描いているわけじゃないからね
ぞうきんで拭いても取れないよ
汚れているわけでもないからね

永久脱毛なんて　するわけない
永久に脱毛なんてするわけない

青い顔面に　青い髭(ひげ)

青い髭を知ってから
眺める青い月なんて
全然青くなかったな

つるつるだった頃のこと
ときどき想い出すんだよ
青い髭が嫌いな鼻水少年の
感情はどこまでも青かった
黒いランドセルと別れたら
青い髭へと生まれ変わった

永久脱毛なんて　するわけない
永久に脱毛なんてするわけない

あの娘は僕の髭のこと

「似合っているね」　と言ってくれた
「ブライアンみたい」と言ってくれた

ラララララララ　ラララララ

ブライアンって誰だろう？
ブライアンって誰ですか？
ブライアンって人ですか？
ブライアンって髭ですか？
お髭を生やした人ですか？
お髭を生やしたブライアン
生えた髭こそ　ブライアン

髪型の歴史

大阪で母と久しぶりに会った。ドラマの撮影のために髭を伸ばしていたのだが、高校生の頃にも髭を伸ばしていた時期があったので、母と会うにあたって特に気にはしていなかった。

お店で食事をとり、最後に記念撮影をしようということになったのだが、僕がヘアゴムで束ねていた髪をほどくと、「直樹、汚いから髪を結んでおいたら」と母は当然のように優しい声で言った。一切の迷いがない真っ直ぐな瞳だった。僕は自虐で長髪にしているわけではない。長髪が気に入っているからこそ、長年このようなスタイルで人前に立ってきた。いわば僕の通常モードを母は、「汚い」と思っていたということになる。

僕はどのような髪型にするのが正解なのだろう。

十歳の頃までは、くせ毛をそのまま伸ばしていた。耳と眉に掛かると散髪するようにしていたが、それでも周囲の友達のなかでは一番髪が長かった。徐々に前髪と耳の上の髪がくるくると巻き始めたので、その頃から短く切るようになった。近所の理髪店では、「スポーツ刈りにしてください」と伝えることが多かったが、自分自身スポーツ刈りがどういうものなのかはっきりとは理解していなかったし、お店によってもそれぞれスポーツ刈りの解釈に違いがあった。突然入ったお店だと、ほぼ角刈りのようになってしまうことさえあった。角刈りが駄目だということではなく、角刈りになる心の準備が整っていなかったので、戸惑ってしまうこともあった。

もう少し明確に自分の意思を伝える必要があるのかも知れないと考え、THE BOOMの宮沢和史さんの写真を持参して、「この髪型と一緒にしてください」と勇気を出して言ったことがある。理髪店の店主は、「髪質が違うので無理です」と申し訳なさそうに言った。宮沢和史さんと全く同じにはならなかったけれど、それまでのスポーツ刈りと比べると、とても好きな髪型だった。

中学に入ると、サッカー部が坊主刈りだったので、なにも悩むことがなかった。チームメイトは少しでも長く髪の毛を保ちたかったようだが、僕は自主的にスキンヘッドの一歩手前の五厘刈りにしていた。その青い頭を見た上級生達から、「きゅうり」と呼ばれることもあった。中学三年になると、時代の流れでサッカー部の坊主刈りが強制ではなくなった。だが、僕はそれまでの先輩が坊主刈りにしていた時期までは、それに倣うことにした。中学三年の途中から髪を伸ばし始め、前髪を全て真ん中に集めるという変わった髪型を試したこともあったが、高校になると、再び坊主刈りになった。

髪型の転換期は芸人を目指すようになってからだった。構成作家の先生に、「キミを初めて見た人は怖くて笑えない」と忠告されたので、どうすれば怖く見えなくなるだろうかということを真剣に考えた。そこで髪を伸ばすことにした。

そんなある日、吉本の社員さんから、「マッタンって髪の毛剃るの無理だよね?」という内容の電話があった。バラエティー番組でお寺のお坊さん役が必要になったために、若手で髪を剃れる人を探しているということだった。若手といえどもスキンヘッドにはさすがに抵抗があるらしく、なかなか協力者が見つからないらしい。連絡をくれたスタッフさんにお世話になっていたこともあり、「髪、剃れますよ」と承諾して、人生で初めて髪を剃った。それも二、三日ですぐに伸びて、ようやく本格的に髪を伸ばすことになった。

次に大きく変化があったのは、二十三歳の時だった。ピースを結成したタイミングで先輩から、「おまえ辛気臭いから髪の毛染めてみたら」と助言され、実行した。いろいろ考えて三色に染めたのだが、先輩は、「いや、そこまでやれとは言うてないねん」と笑っていた。しかし、その髪の色で舞台に立つと自分の芸風と合わなかったのか、あまり言葉に感情が乗っていかないような感覚があったので、一定の期間が過ぎると黒色に戻した。

十代の頃、同じコンビニでバイトしていた美容専門学校に通う友達が髪を切ってくれていた。二十代になると彼女はプロになったので、僕もお金を払うようになった。

いつも、「面白い髪型にして」と彼女に伝えると、友達は精一杯の工夫を施してくれた。おかっぱにしたこともあったが、それは僕がやってみたかったからだった。

おかっぱで舞台に上がると、お客さんが書くアンケートに、「マジで気持ち悪くて不快だから止めてくれ」と書いてあった。僕としては現在の髪型の次に好きだった。

おかっぱを引退してからは、そのまま髪を伸ばし続けて、生まれつきのくせ毛を抑えるようにパーマをあてている。

ということは、優先順位をおさらいすると、長髪パーマ→おかっぱ→坊主→偽・宮沢和史→スポーツ刈り→スキンヘッド→角刈り、となるのだろうか。

だが、いつまでもこの長髪パーマを保ってはいられないだろう。間もなく、長髪パーマは白長髪パーマになることだろうし、それに髭が加えられる。そんな仙人のような風貌になった僕を母が見たら、「汚いから、山下りようか」とでも言うのだろうか。

自分語り

二〇二二年六月五日に、沖縄復帰五十周年記念と銘打ち、琉球交響楽団の大阪特別公演がザ・シンフォニーホールで開催された。その公演のなかで、沖縄に纏(まつ)わる文章を朗読するゲストとして参加する機会をいただいた。

執筆前には、琉球交響楽団（大友直人指揮）による『沖縄交響歳時記』（萩森英明作曲）を聴いて、イメージを膨らませた。

沖縄復帰五十周年に琉球楽団が、初めて大阪で開催する公演であることを踏まえたい。僕の父は、沖縄が日本に返還されてすぐに大阪にやって来た。それまで沖縄から本州に行くには手続きが複雑だったが、本土復帰を機に、就職先として大阪が選択肢に浮上したそうだ。父の人生は返還されてからの沖縄の大局を伝えるものとしては頼りないけれど、大阪で生まれ育った僕自身の人生の始まりを伝えるためには、沖縄返還は必須事項でもある。

自分語りにはなるが、父が大阪に出てきてからの話を読むのが良いと思うようになり、過去の文章と重複する部分もあったけれど、改めていろいろと想い出しながら書いた。

指揮者の大友直人さんが朗読の内容をしっかり観客に届けたいと提案してくださり、朗読が終わると同時に演奏が始まることになった。

そして、本番当日。僕が出演する時間まで、琉球交響楽団の演奏を裏で聴いていたのだが、音が身体に浸透してくるような優しい感覚と音が身体にぶつかるような強い感覚が共存していて、この後に僕の地味な声による朗読が通用するのかと不安になった。

オーケストラが待つ舞台に登場する時は緊張したが、朗読している間は集中することができた。最後まで読み終わると、客席から大きな拍手が聞こえて、朗読を丁寧に引き取るかのように演奏が優しく始まった。

終演後、カーテンコールが三度もあることに驚いていると、四度目のカーテンコールに呼ばれた。四度目もあったのだ。「もうええわ！」という声が聞こえてこないか不安になったが、そんな人は一人もいなかった。

自分のルーツを見つめ直す素晴らしい機会を与えてくださった、大友直人さんや琉球交響楽団の皆様には本当に感謝している。

そこで家族について書いた文章を読めたことも、意義のあることだ。

小学生時代にも父のことを作文に書き、寝屋川市の小学生代表として大きな会場で読んだ経験があるが、やっていることが三十年経ってもほとんど変わっていないことに気付いたのは、この文章を書きながらのことだ。

職を求めて、父は沖縄から大阪に渡った。僕はこれからどこに向かうのだろう。どこに居ても自分と向き合わなければ道は拓(ひら)けないだろう。定住することが不得意なので、形式を変えた漫談を新たな場所で試していきたいが、やること自体は変わらない。動く月を追いかけても月には辿り着かない。

思い出すことのできる最も古い記憶の自分は泣いている

思い出すことのできる最も古い記憶の自分は泣いている。所々、剝がれ落ちた実家の土壁を背にしていたのは、それより奥に逃げる場所がなかったからだ。髭を生やした男が、少し困ったような顔で僕の泣き顔を覗き込んでいる。僕は髭の男とどのように接していいのか分からず、泣くことしかできない。だが、その髭の男が自分の父であることを本当は分かっている。

台所から、「久しぶりだから、お父さんの顔忘れてるんじゃない?」と母の声がする。その言葉を聞いて、父が笑いながら「なんや、忘れたんか?」と話し掛けてくる。

やはりその人は父だった。声にも聞き覚えがある。だから泣く必要はないのだが、「一応、泣いとこか」という感覚に近かった。父が帰って来た嬉しさもあるが、落ち着かない気持ちを表明したくて泣いていたのだ。僕は二歳になったばかりだった。それより前の記憶はないので、僕の人生はその風景から始まる。

父は沖縄県名護市の出身だった。高校を卒業してすぐに、競輪選手になるという夢を叶えるために大阪にやって来た。父に競輪選手になれたのか聞くと、「そもそもプロテストを受ける会場に辿り着けなかった」という答えが返ってきた。競輪選手になるためには自転車を乗りこなす前に、まず大阪の電車を乗りこなす必要があったのだ。

まだ結婚前の両親が自転車屋の前を通り掛かると、父が「あの自転車に乗りたい」と言うので、お店の人に声を掛けて試乗させてもらったそうだ。母は店員と話しながら父が自転車で走り去った方向を眺めて待ったが、いつまで経っても父は帰って来なかった。結局、気まずくなった母がその自転車を購入することになった。自転車を漕ぐのが気持ち良くて、帰って来られなくなったのだろう。父が真剣に競輪選手を目指していたかどうかは疑わしいが、自転車を好きだったのは本当だったようだ。

僕が十八歳まで過ごした実家は、大阪で「文化住宅」と呼ばれる長屋のような建物だった。壁がとても薄く、お隣さんの「ごはんできたよ〜」という声に思わず返事をしたこともあった。日曜日にお隣さんがレコードを流し始めると、又吉家はテレビを消して、隣から聴こえるレコードに耳を傾けた。

ある日、近所の人が、「おたくの息子さんウチの家の壁におしっこしていませんか？」と、苦情を伝えに来たことがあった。全く身に覚えがないと母に伝えると、母は「うちの子ではないみたいです」と言いに行ってくれた。その辺をうろついている野良犬かなにかの仕業なのだろうということで話は落ち着いた。

その夜、仕事から帰宅した父に一連の出来事を話すと、父は「それ、俺やで」とつぶやいた。「外で小便したら気持ち良いねん」とも言った。犯人は野良犬ではなく、その辺をうろついていた父だった。

僕が六歳の頃、祖母が住む沖縄に父と帰省したことがあった。祖母の家に新年を祝う親戚や近所の人が大勢集まり、宴会が開かれた。誰かが即興で三線(さんしん)を弾いて唄い始めると、酒に酔った父が立ち上がり、その曲に合わせて踊り出した。陽気に踊る父を見て、宴会の参加者達は盛り上がった。

みんなを笑わせる父を、「かっこいいな」と感動しながら眺めていた。一方、部屋の端っこで隠れるようにしている自分を情けなく思っていた。すると、親戚の一人が、「直樹も踊れ！」と僕を煽るように叫んだ。僕は人前でなにかをすることが苦手な少年だった。

しかし、父が折角盛り上げているのに、この場を息子が白けさせてしまっていいのだろうか、思い切って踊るべきではないだろうかと悩んだ。

僕は覚悟を決めて立ち上がると、父の真似をしてカチャーシーを踊った。次の瞬間、僕は爆発するような笑い声に包まれていた。父よりも遥かに大きな笑いを起こしたのである。不器用な少年が下手に身体を動かしていることが滑稽に見えたのだろう。それでも、初めて自分の行動によって、大勢の大人を笑わせられたことに強い興奮を覚えた。胸の鼓動がとても早く打つのが分かった。落ち着くために、誰もいない台所に移動して一人で麦茶を飲んでいると、父が僕の側にやって来た。「よくやった！」と、褒めてくれるのかと期待していると、父は、「あんまり調子に乗んなよ」と言った。父は自分の子供に全力で嫉妬していたのだ。あまりの言葉に驚いたが、父らしい態度だと思った。

自分の行動によって笑いが起こることがこんなにも痛快であることと、調子に乗ると誰かに怒られるということの二つを一度で学んだ。調子に乗らず笑いを起こしたいという矛盾を孕(はら)んだ僕の芸風は、この瞬間に生まれたのだと思う。

十歳の時に、サッカーを習い始めた。最初の試合を両親が観に来てくれたのだが、サッカーボールもスパイクも持っていない僕が活躍できるはずはなかった。試合後、父に「おまえが一番下手やったな。恥ずかしくて観てられへんかったわ。二度と観に行かん」と言われた。父と母に悪いことをしたなと思った。

父はあまり僕の言うことを信じなかった。「小学校の持久走で一番になった」と言っても、「嘘吐くな」と言われる。「五十メートル走を六秒台で走れた」と言っても信じなかった。

六年生の時、「ビールを買って来い」と言われて断ると、「今から公園で短距離走の勝負して負けたら一生買いに行け」と勝負を仕掛けられた。父は既に酒を飲んでいたし、サンダルだったので勝てると確信していたが、父と勝負するという重圧に追い込まれたのか、あっさりと負けてしまい、僕は永遠に父の酒を買いに行かなくてはいけなくなった。

父の噂は、僕の友達からも聞くことがあった。みんなが公園でサッカーをしていると、ビールを手に持った父が公園に現れたことがあった。みんなが、「やばい、マッタンのおとんや。隠れろ」と動揺していると、「おまえら花札したことあるか?」と父は突拍子もないことを言い出し、「ないです」と答える少年達を砂場に連れて行くと、砂で器用に台を作った。そして、「おまえら、なんぼ持ってる?」とみんなに聞いたそうだ。その話をみんなから聞かされた時は怖くなった。さすがにお金を取られることはなかったそうだが、みんなは父に花札のルールを覚えさせられた。

その後、中学に上がる前から僕は本気でサッカーの練習に取り組むようになり、高校はサッカーの名門校に進学した。高校三年の頃、勇気を出して大阪大会の決勝戦に父を誘った。高校卒業後は芸人を目指そうと考えていたので、父が僕の試合を観るのはこれが最後かも知れないと思ったからだ。父は少し驚いていたが、「おう、ほな行くわ」と言った。

決勝戦当日、父は友人と二人で試合を観に来てくれた。前半は、一点リードされる展開だった。相手のゴール付近で腕を組み、試合を眺める父の姿が見えた。負けるわけにはいかなかった。「二度と観に行かん」と言い切った父が、わざわざ観に来てくれたのだ。後半、僕達はゴールを奪い、同点に追いついた。父の方を振り返ると、父は砂場で友人と相撲を取っていた。全然試合を観ていなかった。結局、ＰＫ戦に縺れ込み僕達が優勝したが、父は後半が終わったところで酒場へ飲みに行ってしまったそうだ。翌日、「負けたんか?」と父に聞かれ、「ＰＫで勝ったで」と言うと、「負けたと思ったわ」と言っていたので、やはり同点ゴールには気付いていなかったのだろう。

僕が高校を卒業して上京してからは、極端に父と会う機会が減った。しばらく距離が開くと、父の個性がさらに分かるようになった。ある時、実家に帰ると父が夜中なのに作業着だったので、今帰って来たのかと聞くと、「明日、早いからもう作業着で寝るんや」と意外な答えが返ってきた。父は配管工としていろんな現場で働いていた。また別の日には、夜遅くまで仕事仲間と部屋で酒盛りをしていることがあった。理由を聞くと、「明日、同じ現場やから泊まらせるんや」と言う。「あの人達、明日一緒に現場に行くって言ってるけど休むと思うよ」という母の予言通り、父と仕事仲間は仕事を休むことになった。

ある時、しばらく仕事を休んでいる言い訳のように、「不景気で現場がないねん。あれば働きたいんやけどな」と深刻な表情で父が僕に言った。その直後に現場の親方から仕事の誘いの電話があり、父は僕の目の前でその電話を取った。父は妙に手先が器用なので、仕事の依頼は多かった。父の仕事が決まって良かったと安心していると、父は怪訝な表情を浮かべて、「えっ、明日ですか？　急過ぎるので明日はちょっと……」と先程の話を引っ繰り返すように仕事の誘いを断った。さっきの深刻な表情はなんだったのだろうと不思議に思ったが、その意外性こそが父だった。

父が東京で芸人の活動を続ける僕のことを、どのように思っていたのかは分からない。収入が少なく実家に仕送りするような余裕がなかったので、後ろめたさをずっと感じていた。そんなある時、父が僕について次のように話したことがあったそうだ。

「今、現場に直樹と同じ年齢の若い奴がおんねん。朝から晩まで汗掻いて、一生懸命働いてるわ。あれ、アホや。それに比べて直樹は自分の好きなことをちゃんとやってて偉いわ」

「アホはあんたや」と叫びたくなる。社会の常識から大きく外れた考えだ。普通は汗を掻いて過酷な労働をしている人こそ評価されるべきだが、その言葉だけではなく、父の生活を振り返ってみると、人間は好きなことをやるべきだという考えが根底にあったのかも知れない。


十年ほど前に父は一人で大阪から地元の沖縄に引っ越した。父は大阪にいる時はちょっと浮いていて、危険な感じがしていたが、沖縄で見る父は水を得た魚のように自由で、人生を謳歌（おうか）しているように見えた。

僕が書いた『火花』という小説が芥川賞を受賞した時、父が暮らす沖縄県名護市の集落で祝賀会を開いてくれた。集落のみなさんを中心に、多くの人が集まってくださった。祝賀会のなかで集落の会長が、「ここではね、苦しい時も、嬉しい時も、ずっとみんなで大切に唄い続けてきた歌があるんです」と情熱を込めて話してくれた。

「直樹さんは聞いたことがないかも知れませんが、この集落で生まれ育った直樹さんのお父さんは、子供の頃からこの歌を聴いてきましたよね？」と会長が父に話を振った。

その場にいた全員が父を見た。すると父は淡々と、「いえ、一度も聴いたことがありません」と答えた。その場にいた全員が笑った。僕もなにかふざけたことを言いたくなったが、「あんまり、調子に乗んなよ」と父に言われるのが怖くてなにも言えなかった。

集合場所に父が青い車に乗って現れただけで、みんなが「青い車だ」と言って笑う。全員で記念写真を撮影しようとした瞬間に、カメラの背後からビールを持って歩いて来る父を見てみんなが笑う。父が動き、言葉を発すると誰かが笑った。呼吸するだけで笑いが起こせることが羨ましい。芸人になって間もない頃、僕が舞台に登場すると一言も発していないのに笑いが起こることがよくあった。雰囲気だけだと揶揄されることもあったが、父から譲り受けた武器のおかげで生き抜けたのかも知れない。

大人になってから、「親の話が多い」と指摘されたことが多々あるが、自分でも両親に対する興味が異常に強いと自覚している。創作に於ける人型は、父と母の二つしか持っていないと言っても過言ではない。最初に知った人間が両親だったので、両親との差異で他者を把握する癖が付いている。

父からはろくに褒められたこともないし、理不尽な屁理屈を押し付けられることも多かった。それでも会いたいと思うのは面白い人だからなのだろう。仕事で沖縄を訪れた際には、父に連絡するのだが、「那覇で遊んどけ」と言って、なかなか会おうとしない。
いつでも父は仲間と酒を飲んでいるか、鳥と遊んでばかりいるのだ。

花火が終わった後の空には痩せた三日月だけが残っていた

　子供の頃、家族でたまに焼肉を食べに行くことがあった。裕福な家ではなかったので、父以外の全員がなにかしら気を遣っていた。例えば僕は、最初に必ずお茶漬けを注文して腹を満たそうとした。母はカルビを二枚食べただけで、「あー、もうお母さんお腹一杯」と言って、箸を置いた。

　他のテーブルに同級生の家族がいると恥ずかしくて顔を上げられなかった。同級生の家族のテーブルからは煙が勢いよく立っているのに、又吉家の煙は蚊取り線香のように頼りない。それでも、父だけは気を遣わずにビールをお代わりし、肉を食べ続けていた。

　それから月日が経ち、母の還暦祝いに家族ですき焼きを食べに行った。僕は歳を取り、若い頃と比べると食欲が落ちていた。

「最近、昔ほど肉が食べられへんねん」と姉に言うと、「分かるわー」と姉も同意を示した。そんな会話の傍らで、父と母がすき焼きの肉を食べ続けていた。カルビ二枚でお腹が一杯になるはずの母が永遠と思えるほど肉を食べ続けていた。

その光景を眺めていると、僕達が幼かった頃から、ずっと母は子供達のために食欲を我慢してくれていたことが伝わり、切なくなった。そんな感傷に浸っている間も、父と母は肉を食べ続けていた。感傷を超えて徐々に二人のことが恐ろしくなった。二人はいつまでも肉を食べ続けていた。


自分の好きなように生きる父と、少し気を遣い過ぎる母。僕の友人が道端で買い物帰りの母とすれ違うと、母に呼び止められたそうだ。母はスーパーの袋を漁り、お菓子を探したがなかったのだろう。「これ持って行き」と言って、一リットルの牛乳を僕の友人に渡そうとしたらしい。

母は鹿児島県・奄美群島の加計呂麻島出身で、看護師の職に就いてから大阪府寝屋川市のアパートで暮らし始めた。母の隣の部屋に住んでいたのが父だった。沖縄の言葉と奄美の言葉は共通する部分があるので、毎晩のように隣の部屋で仲間と酒盛りをしている父の言葉を壁越しに聞いて、「隣に奄美の人が住んでいる」と勘違いしていたそうだ。

そんなある日、酒に酔っぱらって路上で吐いていた父を見掛けた母が介抱したのが仲良くなった切っ掛けだと聞いた。

僕が小学生だった頃、真夜中に一本の電話が家に掛かってきた。父が救急車で病院に運ばれたという連絡だった。父が道の真ん中に寝転んでいて、トラックの運転手が寸前で気付いたそうだ。母が病院に行くというので、僕もついて行くことにした。父は傷だらけで身体には点滴や管が通されていた。二人で目を閉じている父をしばらく眺めていた。

「お母さんの病院に運ばれんで良かったな。もし、そうなってたら恥ずかしかったやろ？」

と僕が言うと、母は遠慮気味に笑った。

その言葉を聞いて母は息子の成長を感じたらしく、帰宅してから心配する姉達に、父の状態よりも僕の成長を中心に語ろうとした。夫が大変な時に子供の成長を実感している場合ではない。

僕が文藝春秋から『火花』という小説を発表した時、母から電話が掛かってきた。母は僕に、「ブンジュクジュンジュウの『花火』読んだよ」と言った。全部間違えていた。小説の感想は、「お酒飲み過ぎないようにね」だった。小説の登場人物がお酒を飲む場面があったので、そのことを言っているのだろう。登場人物と自分は違うということを母に説明しそうになったが、冷静に振り返ると、登場人物達よりも僕の方がよく飲んでいた。

父が暮らす沖縄県名護市の集落で芥川賞の祝賀会を開いてくれた時期に、両親と僕の三人でドライブをした。父が運転する車で古宇利(こうり)大橋を渡り、古宇利島に行った。よく晴れていて海と空の色が近かった。父はしきりに「おまえら、ちゃんと景色見てるか」と僕と母に言った。

そこから、今帰仁城(なきじんぐすく)に行った。母と今帰仁城の高台に上り、海を眺めた。振り返ると、途中で上ることを諦めた父がベンチに腰掛けていた。

疲れた父を気遣い母がそろそろ帰ろうかと促すと、父は資料館らしき建物を指さし、「あれを見んと勉強にならんぞ」と言った。おそらく冷房が効いた部屋で涼みたかったのだろう。父の言葉に従い資料館の入口を目指して歩いた。僕と母はスロープに沿って歩いたが、父はスロープを無視して柵を跨(また)ぎ、入口に向かって直線に歩いていった。

僕が「おとん見て。恥ずかしい」と母に言うと、母は入口に辿り着いた父を見ながら、「あの人、ああ見えて賢いとこあるからな」と言った。

二人が長年連れ添った理由が分かったような気がした。

僕の人生最初の記憶は、髭を生やした父を見て自分が泣いている光景だった。それは父方の祖父が亡くなったために、しばらく沖縄に帰省していた父が、大阪に戻って来た時の記憶だった。祖父が最期に入院していた名護市の病院に父も入ることになった。母から連絡を受けて、僕は沖縄行きの飛行機に乗った。腹痛を訴えて入院することとなったが、心配はなさそうだった。

久しぶりに会う父は痩せ細っていた。どう見ても体調は良さそうには見えなかった。父は僕を見ると、「おう、仕事は大丈夫なんか?」と気遣った。

父の近くには母がいて、「お母さんが老眼鏡を掛けてたら、お父さんに『おまえ眼悪いんか?』って聞かれて、『眼鏡掛けないとなにも見えないよ』って言ったら、お父さん『可哀想に』やって」と言って母が笑ったので、僕も笑った。

「いや、おとんや」と父に言ってみたが、父は笑わなかった。相変わらず存在だけで父は人を笑わせられるものだなと感心している場合ではなさそうだった。

「大丈夫?」と父に声を掛けると、「虚しい人生や」と父がつぶやいた。「これだけ自由に生きといて、どこが虚しい人生やねん」という言葉は呑み込んだ。

「おまえらと高級レストランに美味しいもん食べに行きたいけど、今日はおまえらだけで行ってこい」と父が言うので、高級レストランってなんやねんと思いながらも、「早く治して、みんなで一緒に食べに行こうな」と言うと、「これ治るんかな?」と父は頼りない声で言った。「ちゃんとご飯食べたら治るってお医者さん言うてはったで」と答えると、「もう行け」と父が言って、「ほんならまたな」と言うと、父は寝たままの姿勢で左手を上げた。衝動的にその手に触れたいと思ったが、恥ずかしくて触れることはできなかった。

翌週に再び病院を訪ねた。「元気出してや」と声を掛けると、父は「本気出すわ」と言った。僕が父の肩に手を置くと、父はその肩を黙って見ていた。

その一週間後に父は息を引き取った。それなら、それならば、もっと早く会いに行けば良かった。流行り病を気にして親に会いに行くことも憚(はばか)られる季節が続いていたが、会いに行ってしまえば良かった。どうせ最期まで酒を飲んでいたのだろうから、最後の酒くらいは一緒に飲みたかった。整えられた道など無視して、父のように最短で目的地を目指すべきだった。そんなことばかり考えながら、東京から飛行機で沖縄に向かった。

葬儀の前日に久しぶりに家族が揃った。孫も全員揃ったので、父も嬉しかったことだろう。母は祭壇を眺めながら、「ちょっと寂しいかな、お花を足そうかな」と独り言(ご)ちた後、葬儀屋さんに、「すみません、『孫一同』でお花を足していただけますか? もし、黄色いお花があればお願いします。黄色い服をよく着ていたので」と、微笑みを浮かべて伝えていた。

僕は父にビールを供えて、一緒に飲んだ。これからも父の酒を僕が買いに行くという約束は続くのだろうかと、ぼんやりと考えていた。

葬儀の参列者に見てもらう想い出の写真を、姉がアルバムに纏めてくれた。それを見せてもらうと、ほとんどの写真で父は手に酒を持っていた。孫と散歩する時も、海を眺める時も、船に乗る時も酒を持っていた。

「おとん、ほぼ酒飲んでるやん」と言うと、「ほんまや」と言って、みんな笑った。

母は時間を掛けて、父の柩(ひつぎ)に入れる副葬品を纏めていたが、タオル、靴下、靴、背広、作業着、財布、本、老眼鏡から始まり、ありとあらゆる物を持たせようとした。少しでも父が困らないようにということなのだろう。いかにも母らしい配慮だったが、翌日の葬儀では、式を取り仕切った葬儀屋さんがあまりの量に驚いていた。親戚から「重量オーバーだよ」と声が掛かると、母は申し訳なさそうに用意した品の大半を諦めようとしたので、一緒に父が必要な物を選んだ。すぐに飲めるように手の近くには酒も納めた。

葬儀の前夜は静かだった。僕は父の近くでビールを飲み、母は手を合わせて霊供膳(りょうぐぜん)を下げ、それを食べた。父は穏やかな表情をしていた。

「なんでお父さんが直樹に一度も暴力を振るわんかったか知ってる?」と姉が言った。

「知らん」と答えると、「お父さん自分の父親に殴られたことあって、大人になったら絶対に仕返ししたろうと思っててんて。でも、いざ大人になったら親が歳取ってて、そんな気にならへんかったらしいねんけど、直樹はどうか分からんからなぁ、って言うてた」と姉は説明した。

少し良い話を期待していたのだけれど、自分の身を守るための理由だった。それも父らしいというか、人間やなと思った。

大きな爆発音がどこかから聞こえたので外に出ると、空に花火が上がっていた。夏から延期になっていた花火大会が、秋の終わりに開催されたようだった。みんな花火を眺めていた。母も花火を見上げていた。花火が終わった後の空には痩せた二日月だけが残っていた。

二日月

始まりの灯り

一人で目を覚ます。そこには私以外の何者も存在しない。

一人暮らしなのだから当然のことだ。朝起きて見知らぬ謎の人物が部屋にいて、珈琲を飲みながら、「おはよう。ちゃんと眠れた？」と声を掛けられたら恐ろしい。とっさに「いやぁ、少ししか眠れなかったんですよ」と答えてしまったなら、「そっか、ためしに枕換えてみたら？　知り合いで枕を換えただけで快眠できるようになった人がいてさ……」などと会話が続いてしまい、「ところで誰ですか？」と質問する機会を失ってしまう。

そこからその人と同棲する流れになったら、ますます聞けなくなる。「誰かも分からない人と普通に会話していたのか？」と不気味な奴だと思われて信頼を失ってしまうし、自然な流れで同棲に至るくらいの関係なのだから、自分が忘れているだけで大切な人物だった可能性もあり、その人を深く傷つけてしまうことにもなり兼ねない。

だが、そんな心配は不要である。なぜなら、何百回と繰り返し目を覚まそうが、私は一人なのだから。

緊急事態宣言が発令されたことにより、今日も外出することは許されず、朝から晩まで自分と向き合うことになる。仕事もやる気がしない。日常から受ける刺激がないと、こんなにも仕事が捗らないものかと驚かされた。これまでの活動は、外部からの刺激に対する反応が少なからず動力になっていたということだ。どうしても過去のことを考えて時間を潰すことが多くなる。大切な想い出として取っておいた記憶も随分と消費して、あと少ししか残りがない。

脇に体温計を挟んで熱を測る。熱がないことを周囲に証明するための社会的な義務らしい。だが、なかなか音が鳴らない。体温計にずっと無視されている。ボタンを押し忘れたのではないかと不安になるが、どれくらい時間が経ったのかが分からない。体温計を取り出したタイミングで音が鳴ってしまう可能性もある。そうなると正確な体温が測れなくなるので粘るしかないのだが、やはり体温計は鳴らない。止むなく体温計を脇から取って確認すると、なにも表示されていなかった。ボタンを押し忘れていたということだ。脇に体温計を挟んでいただけの時間は、私がこの世に生を受けてから最も無駄な時間だった。

そもそも熱があれば自分で分かるだろう。熱がありそうでなかった経験はあるが、熱がなさそうであることなど起こり得るのだろうか。体温計だってあてにはならない。飲食店の入口に体温を測る巨大な機械が設置されていたりする。ディスプレイに表示された顔型の枠のなかに自分の顔を近付ける。すると、体温が測定されるのだが、設定がおかしいのか「35.1」と表示されたりする。「おかしいよな、やり直しかな?」と戸惑っていると、店員さんが、「どうぞ〜」と正常な体温の持ち主として通してくれる。家でも熱を測っているので自分の体温を不安に感じることはないが、この機械の値段はいかほどでこの精度なのだろうということに対して不安になる。一日に何度も体温を測り、一日に何度も手を消毒する日々が続いていて、終わりが見えない。他にやれることがないので体温計をまた脇に挟んでみる。

一人で愚痴をこぼしているが、家族がいたらまた別の苦しみがあることくらいは容易に想像がつく。数年前まで、後輩の芸人と三人で暮らしていたことが懐かしい。仕事が終わってリビングに行くと、二人のうちの誰かがいた。クリスマスの日には後輩が大きな箱を抱えて、「クリスマスツリーだよ〜」とはしゃいでいたこともあった。

共同生活を終了して一人暮らしを始めることになり、現在の自宅に引っ越すことになった。共同生活をしていた後輩や友達が、新居に遊びに来るかも知れないという理由で、リビングを広くした。大きなダイニングテーブルを用意して、それに合う椅子を八脚も並べることになった。それとは別にカウンターにはスツールが二脚。カウンターの反対側にも二脚ある。ソファーにも四人は腰掛けることができるだろう。それだけではない。ダイニングテーブルの背面には壁一面に大きな本棚があるのだが、その本棚の下がベンチになっている。ゆったり使っても六人は座ることができる。さらに、ベランダの側にも大きな椅子が一脚ある。

単純に計算したところ、最低でも二十三人が私の部屋のリビングに座ることができてしまう。サッカーの試合に先発した選手全員が、私の部屋で寛ぐことができるのだ。いや、この文章を書きながら答え合わせをするようにリビングを見渡すと、本棚とキッチンの間のスペースにミッドセンチュリーの椅子が一脚あった。合計二十四人が寛げる。両チームの監督も招くことができる。キッチンの脇に煙草を吸う人が来た時のための小さなスツールも一脚あったが、寂しくなるのでもう数えるのは止めよう。もちろん部屋の広さを自慢したいわけではない。想像して欲しい。そんなに座るところが沢山あるというのに誰一人遊びに来ないということを。

ずっと一人でいろんな椅子に座っている。朝はダイニングチェアに座り、昼はソファーでテレビを観る。午後は書斎のゲーミングチェアに座り、真夜中は意味もなくカウンターに腰掛けている。一人で椅子に座ると、誰も座っていない他の椅子が視界に入る。そのたびに誰もいないという「不在」を感じることになる。

コロナ禍に限ったことではない。その前から、誰も来ない。だが不要不急という言葉が流行してからは散々である。一緒に住んでいた後輩がたまに来るが、ベランダにハトが遊びに来る確率の方が高い。

一人で遊んでいるうちに誰かが迎えに来てくれるだろうか。自分の言葉と戯（たわむ）れて不安な日々をやり過ごすしかないのだろうか。会う約束をしていた人とも会えなくなった。あったはずの時間が失われてしまった。これは私に限らず、誰もが共有している現実だろう。

あれから未だに続く孤独な感覚を、やり切れない日々の独り言をカルタにした。聞いてくれる人がいないので一人で遊ぶしかない。

独り言カルタ

あ　明日も休みで、ずっと休みだ
い　行けたのに断っていた打ち上げ、参加しとけばよかった
う　ウーバーイーツの人なら少しは話してくれるかな？
え　「エリーゼのために」を繰り返し練習するピアノが隣の家から
お　おでこで体温を測られると支配されているみたいだ
か　家族の残像を探している午後
き　気まぐれに薬箱とか整理している
く　食って寝てゾンビ観て食って寝て一日が終わる
け　健康だけどやり遂げることがなにもない
こ　ゴートゥートラベルの割引は執筆のための宿泊だと使えないらしい
さ　最大で四日間誰とも話していない
し　職務質問してください。誰かと話したいのです
す　スンドゥブとカレーとうどんばかり食べている
せ　生存確認みたいに母からメールが届く
そ　祖父の最期にも会えなかった

た　他人に厳しくて怖い人達が多いものだ

ち　チェーンメールを少し信じ掛けて知り合いに怒られる

つ　つまり、誰もなにも分からないということらしい

て　テレビを消すと黒い画面にヒゲの男が映っているが、これは私だ

と　隣の家から聴こえる、「エリーゼのために」が上達している

な　なにもしない、ということをしている

に　二合炊いた昨日の米がまだ余っている

ぬ　ぬいぐるみがあったなら話し掛けてもおかしくない深夜

ね　寝る時間が分からなくて、ずっと起きている

の　飲み屋でまた騒げる日が来るのかな？

は　ハイボールはプロ並みに美味しく作れるようになった

ひ　人見知りだから寂しくないだろ、みたいなのは暴論ですよ

ふ　不倫した人の弱さとは友達になれそうだが、いじめっ子とは怖くて話せない

へ　部屋の掃除が上手くなったけど褒めてくれる人がいない

ほ　ほくろ見つけた。退屈過ぎて

ま　魔女狩りなんて嘘だと疑っていたが、あったようだな、このざまじゃ

み　みんな会わないうちに歳を取った。元気ですか？

む　虫をティッシュにくるんでベランダで解放しただけの一日

め　メールが誰からも届いていない。不具合か？　いや迷惑メールは大量に届いている

も　もっと大変な人がいるなんて分かっているよ。トーナメントじゃないんだから

や　やっぱりスンドゥブを食べた

ゆ　ゆっくり食べよう。豆腐が熱い

よ　よく通っていた飲み屋も潰れたみたいだ

ら　ライブやりたい

り　理由もなく、二十キロくらい歩いた

る　るーるる、るるる、るーるる、今日も、自粛、しーてる

れ　冷蔵庫にあるものでなにか作ろう。この材料だと、スンドゥブか

ろ　ろくでもない情報しか流れてこないな

わ　私の人生は不要不急ということか？

を　ヲォーキングデッドも全シリーズ観終わってしまったぞ

ん　ん〜、音楽でも聴こう

なんとか、独り言カルタを完成させることができた。

『ウォーキングデッド』は「を」じゃなくて、「う」だということは分かっている。それは私の責任ではなく平仮名の一覧表に「を」を入れた誰かのせいだ。一時、スンドゥブにハマり過ぎて小さい鍋を買ってしまったが、まだ使ったことはない。ゾンビの映画に触発されてゾンビのモノマネを一人で練習していたら虚しくなり、人間側に回ることにして、身体を鍛え始めた。それで二十キロ歩いたのだった。歩く理由はあったということだ。「エリーゼのために」がメキメキと上達していた娘さんのいる家族は引っ越してしまった。

こんなふざけた日々に終わりは来るのだろうか。マスクなしで街を歩いたり、なにも気にせずライブに行ったり、みんなでお酒を飲める日が来るのだろうか。

ちょっと休んで、また起きて、なにか書けるような気がして書斎の灯りを点けた。

洗った手で汚れた蛇口を閉める

公園の公衆便所で丁寧に手を洗った後、その手で蛇口を閉めることに躊躇いがある。鏡は艶(つや)を失いひび割れていて、天井と壁には大きな蜘蛛の巣が張っている。湿ったままの手で汚れた蛇口に触れると、手を洗う前よりも多くの雑菌が付着してしまいそうで、不安になってしまうのだ。

だが、再び石鹸を泡立てて蛇口を洗う気にもなれない。それならと両手で水をすくって蛇口に掛けるのだが、水が少量しかすくえないので何度も同じ動きを繰り返さなければならない。すると、そのうち誰かが唾を吐いたかも知れない洗面器と私の手の甲が接触してしまう。それに、手を素早く抜き差しする一連の動作が小動物みたいで、なんだか虚しくなる。

結局は洗った手でそのまま蛇口を閉める。洗った手を掲げて、「この手は綺麗なんです」と主張したところで誰も代わりに蛇口を閉めてはくれないし、仮に心優しい人が私の代わりに閉めてくれたとしても、今度はその心優しい人の手をどうするかという問題が浮上する。仕方なく、腑に落ちない手を抱えたまま残りの一日を過ごすことになる。

手指用のポンプ式小型消毒液を使うことが義務付けられている環境でも、似たような感覚になる。流れ作業のように大勢の人がそれを使い回すのだが、消毒液の押すところが手垢で黒ずんでいたりすると、気になって仕方がない。その程度の汚れなど消毒液が簡単に落としてくれるのかも知れないけれど、わざわざ汚い部分に触らなければならないことに抵抗がある。「なんで優秀な更生プログラムを体験するために一旦不良にならなあかんねん」といういちゃもんが頭に浮かんでしまうのである。

手や指を消毒することが日常化したことによって、これまで特に気にならなかった電車やバスの吊り革さえも怖くなった。若い頃は平気で汚れた公園のベンチに座っていたし、路上で地面に座ることさえあった。それと比べれば、公衆トイレの蛇口や少々黒ずんだポンプ式消毒液の押すところなど恐れるものではないと理解しているつもりなのだが。

そんなことを考えながら公園の便所を後にする。

公園の遊具や砂場で遊ぶ子供達の姿が一切見えない。昼間の公園に子供がいない光景こそが、「緊急事態」という物騒な言葉と密接に結び付いた。

たまには私も公園の砂場で泥遊びでもしてバランスを取らないと感覚がおかしくなりそうだ。みんなで砂場に山を作り、その砂の山が崩れないようにトンネルを掘る。すると、反対側からトンネルを掘っていた友達の指先と自分の指先が触れる。あの感動が忘れられない。だけど、今は反対側からトンネルを掘ってくれる友達がどこにもいない。そもそも街を歩いている人が極端に少ない。

行くあてもなく散歩を続けていると、太陽が照りつける橋の上に干からびたミミズがいた。日陰で風にあたりながらぼんやりしていたら良いものを、橋の向こうに行ってみたいと愚かな夢を想い描いたために、死んでしまったミミズ。橋の向こうに行けば餌があるとでも思ったのだろうか。橋のこっちもあっちも似たような環境なのだから、渡ったところで意味なんてない。橋の中央でくたばっていたので、どちらに進もうとしていたのかもよく分からない。進み始めたものの、「これ渡り切る体力は自分にないよな。戻ろうかな？あっ、ちょうど橋の中央だ。戻るのも無理そうだし、どうしよう？」と考えているうちに太陽に焼かれて干からびてしまったのだろう。計画性がなさ過ぎる。

橋の柱には、「昭和五十五年竣工」と記載された金属板があった。私の生まれた年だった。急に死んだミミズが身近な存在に感じられた。先程までとは印象が変わり、ミミズは悪くないような気がしてきた。近くで餌を探そうと進み始めたけれど、なかなか見つからなくて、もう少し行けばあるはずと進んでいくうちに、なぜ自分が進んでいたのかさえも忘れて、取り返しのつかない場所で途方に暮れてしまったのだろう。

誰かと似ているなと思ったら、昨夜の私だった。真夜中に考え事があって家を出たのだけれど、散歩に合う音楽をあれこれ選曲しているうちに、公園の前で立ち止まり本格的に音楽を聴いてしまい、そこで音楽を聴くだけの人間になっていて、「あれ、なにしに来たんやっけ?」と目的すらも忘れてしまう。

一昨日の夜もそうだったし、だいたいいつもそうだ。なかなか死なない夜行性のミミズみたいなもの。満身創痍で這いつくばっている存在ばかりが目について、余裕で歩いている生きものを最近見ていないような気がするが、まだ暑いからだろうか。

その姿に共鳴するものがあったからといって、ミミズの死骸を手ですくって橋の向こうの木の下に埋めたりはしない。手が土で汚れると、近くの公衆便所を探して手と蛇口を丁寧に洗わないといけなくなるから。

覗き穴から見る配達員

　ここ数年、外食する機会が極端に減り自宅で食事をすることが増えた。それに伴い飲食の宅配サービスを頻繁に使うようになった。宅配サービスの場合、注文した商品を玄関で直接受け取る方法と玄関の前に置いてもらう方法がある。たまに「当店の商品は直接配達員から受け取ってください」と指定されることもあるが、選べる時は置き配を選択するようにしている。

　まずマンションのインターフォンが鳴ると、画面で配達員の姿を確認してエントランスのオートロックを開ける。配達員はエレベーターを使い私の部屋のフロアまで上がって来る。そして配達員が玄関前に注文した料理を置くわけだが、私は配達員がエレベーターで上がって来る前からずっと覗き穴に顔を近付けて玄関の様子を窺っている。自分でも不気味に感じるし気持ち悪いから止めたいのだが、なぜか続けてしまう。

　要領の良い配達員の場合は、エレベーターを降りると同時にバッグから商品を取り出し、瞬時に部屋番号を確認して商品を家の前に置くと、エレベーターが閉まらないように一度降下ボタンを押し、素早く商品の写真を撮ってスムーズにエレベーターに乗り込み去っていく。玄関前の滞在時間は十五秒くらいだろうか。

要領の悪い配達員の場合はエレベーターから降りると、部屋の番号を確認しているのかこちらに背中を見せて、向かいの部屋のドアをずっと眺めていたりする。

私は覗き穴に片目を寄せながら、「なんでやねん」とか「そっち違うわ」などと心のなかでつぶやく。しばらくして我に返ったのか、要領の悪い配達員は振り返ると、ようやくバッグを背中から下ろして商品を取り出す。エレベーターのドアはとっくに閉まり一階に戻って待機している。要領の悪い配達員はエレベーターの降下ボタンを押してじっと待つ。そしてエレベーターが到着する間際になって、思い出したように慌てて商品の写真を撮り始める。要領の悪い配達員は一枚撮って自分で確認して、もう一枚撮る。

私は心のなかで、「ブレたんかい」とつぶやき、「早くせなエレベーターまた行ってしまうで」と囁く。案の定、エレベーターのドアが閉まる。要領の悪い配達員は、閉まったエレベーターのドアを黙って見つめている。そして、その行方を見守り続けている。

私は心のなかで、「動くものに囚われずに、今は写真に集中しろ」とか「中腰しんどくなってきたわ」などと心のなかでつぶやく。

　そして要領の悪い配達員は再びエレベーターの降下ボタンを押し、待っている間にまた向かいの部屋のドアを熱心に眺めている。そこになにがあるというのか。玄関前の滞在時間は一分に及ぶこともある。その間、私はドアを挟んだだけの距離でその一部始終を息を殺して観察しているのである。そして、配達員が間違ってエレベーターのドアを開けてしまった時などに、商品を取ろうとした私と鉢合わせすることが絶対にないというタイミングでドアを開ける。

　要領の悪い配達員の場合、罠なん？と疑ってしまうほどドアから商品が離れた場所に置いてあったりする。そんな時にも、「なんでやねん」と心のなかでつぶやいている。しかし、そうやって人の行動を相手に気付かれないように観察している私の行動こそが変であることも自覚している。なんのためにそんなことをするのだろうか？

　仮に配達員が商品を置いた後、その周りで踊ったからといって、「人がこれから食べるものの周りで儀式みたいに踊るなよ」とドアを開けて注意することなんて私にはできない。仮に配達員が商品を置いた後、それに対して二礼二拍一礼したからといって、「人がこれから食べるものを神様みたいに扱うな」とドアを開けて注意する勇気もない。

これまでにそんな経験はないが、あったとしたらそれを知ってなんになるというのだろう。知らない方がなにも考えずに食べることができるだろう。それでも私は、覗き穴から外の世界を覗いてしまうのである。

本日も昼に肉うどんを頼んだ。どちらかというと要領の悪い配達員だった。だが、実に好感が持てる配達員でもあった。彼はエレベーターのドアが開いているうちに作業を終わらせることはできなかったが、商品の下に持参した紙を敷いてくれたし、あろうことかエレベーターに乗る前に私の家のドアに向かって、「ありがとうございました」と小さな声で言ったのだ。誰もいないはずのドアに向かって。

私は覗き穴から一部始終を見ていたわけだが、「ありがとうございました」と言われた直後に心のなかで、「こちらこそありがとうございました」と返した。この青年が幸せになりますようにとさえ思った。配達員はエレベーターに乗ったかと思うと、再びすぐに降りて小さく私の家のドアをノックした。「商品置いときましたよ」の合図だろう。こちらが届いたことに気付かず商品を放置しないようにという配慮だ。なんと優しい人だろうか。

ただ、私は覗き穴に顔を寄せていたため小さなノックが大きく耳に響いてビクンとなり、危うく声が出てしまいそうになった。

優しい配達員が去った後、ほぼ下着のような姿で少しだけドアを開けて肉うどんを部屋に入れる自分が、獣のように感じられた。

喫茶店からの重要な伝言

散歩を日課にしている。どうせなら途中で美味しい珈琲を飲みたいので、喫茶店を探しながら歩いている。近所の店にはほとんど行ってしまったので、時々、遠出をして知らない喫茶店に入ってみる。

その日は家から四十五分ほど歩いた街の喫茶店を三軒訪ねたが、全て閉まっていた。もしかしたら包囲網が敷かれていて、私が街に近付くとサイレンが鳴り響き、「又吉が近付いていいます！　すぐに戸締りをして電気を消してください！」と警告が流されているのかも知れない。いや、私は涎を垂らし血走った目で喫茶店の看板を探しているわけではない。

結局、そこからさらに三十分ほど歩いた街の喫茶店で美味しい珈琲をいただいた。

その夜にマネージャーから、「又吉さんが行った喫茶店の人からメッセージがありました」と連絡があり、その文面がそのまま転送されてきた。

私の存在がお店の人に気付かれていたことに驚いたが、「また近くに来たら寄ってください」とかそんなことだろうと思いメッセージを読んだ。

しかし、想像していた内容とは全然違った。簡単に言うと、「メニューを持って帰られたようなので、返却して欲しい」ということだった。

そんなはずはないと、焦りながら自分のカバンを確認すると、喫茶店のメニューと目が合った。メニューがカバンのなかから私を見上げて、「なにしてんねん」とぼやいた。

滅茶苦茶恥ずかしい。無茶苦茶恥ずかしい。とても迷惑を掛けている。

机の上にメニューが置いてあったので、その上に原稿を載せてしまい、そのまま気付かずカバンに入れてしまったのだろう。溜息を吐きながら、机の上にメニューを置いて自分を責めた。

翌日の営業時間に合わせてメニューを返しに行くと、お店の方は優しく丁寧に対応してくださった。意図して持ち帰ったわけではないと信用してくれている様子だった。

「折角なので一杯いかがですか？」と珈琲を薦めてくださった。お店の方が私にメニューを渡そうとしてくれたが、メニューは見なくても注文できる。昨夜、一緒に過ごしたから。一晩中メニューを見ていたので、ほとんど頭に入っていた。そのなかから、エスプレッソをダブルで頼んだ。ほど良い苦みがあってとても美味しかった。

そうか、私はメニューを持ち帰る男として街の喫茶店に警戒されていたのかも知れない。

これで一件落着に思えたが、まだ話は終わっていなかった。それから二週間ほど経った頃、メニューを持ち帰ってしまってから置いたままにしていたカバンを久しぶりに使おうとすると、なんとカバンのなかにもう一枚メニューが入っていたのだ。一瞬頭が混乱してしまいわけが分からなくなった。メニューを返しに行った際に、再び別のメニューを持ち帰ってしまったのではなく、どうやら初日に二枚持ち返っていたようなのだ。二枚あることに気付かず、一枚だけをお店に返したということだ。すぐに喫茶店に電話して事情を話すと、さすがにお店の人も笑って、「いつでもいいですよ」と言ってくれたが、それから数日後に返しに行った。

私が街に近付くとサイレンを鳴り響かせ、「又吉が近付いています！　すぐに戸締りをして電気を消してください！」とスピーカーから流した方がいい。

しりとり

理由なく、雲を眺めているだけの時間が楽でいい。いい加減な妄想に耽ることで身体を弛緩させ、生活の流れから脱け出すのだ。橙色に空が染まる頃、路地の影は薄くなり、理屈の序列が下がり、理性が後退すると、唐突に自分とは無関係な物語が頭に浮かぶ。不器用な家族の会話が脳内で響き始めたら、ラジオを聴くように耳を澄ませて、適当な流れに身を委ねた。大した計画などない馬鹿げたアイデア。

新しい父がしりとりをしようと言い出した。多分テレビで親子が一緒に遊ぶのを観たのだろう。上手く父親になろうとしている。ルールは知っているようだけど父は慣れてなくて単語を返すのが遅い。いい加減にして欲しいという言葉が頭に浮かぶ。不愛想に接することで思春期の平凡な子供だと思われるのは嫌なので、できるだけ微笑みながら父の言葉を待つ。「つまらない」という心の声が出てしまいそうになったが、我慢する。

ルーキーの父親。やっと見知らぬ存在が家にいることに慣れてはきたが、頑張る他人の男を優しく受け入れることには、はっきり言ってまだ抵抗があった。退屈だった母との日常が懐かしい。今ではあの日々が尊いものに感じられるほどだ。だらだらと続いていくはずだった時間は新しい父の登場によって見事に切り裂かれた。

タオルを知らない人と共有すること。トイレから大人の男の匂いがすること。戸締りを家族以外がすること。戸口のこちら側に知らない人がいるということにハッとした。たとえここが家という建物であったとしても、もう僕にとっての家ではないのだ。

だからといって、適当にぐれたりはしない。いきなり校舎の窓ガラスを割ったりなんかしない。今まで通り健やかに過ごす。少しずつ自分の身体はこの状況に適応していくだろう。

鬱屈としたこの複雑な感情は環境や新しい父との関係によるものではなくて、手軽な、長過ぎた思春期という言葉で片付けられるのだろう。上手く子供を演じることなど僕にはできない。いつの間にか自分は四十五歳になろうとしていて、手で禿頭を撫でている新しい父は七十五歳。いや、やはり今更ぐれている場合などではない。いい加減にしりとりの言葉を待つのも疲れた。大概にして欲しいものだ。だったらルールを変えよう。

「上手く続かないみたいなので、できれば文章もありにしますか？」

「構わないかな？　それでも？」

「もちろんです」

「すまない」

「いえ謝らないでくださいよ。よし文章も可ということで、では最初は『あ』」

「あ、あ、あ……、新しい父がしりとりをしようと言い出した」

「多分テレビで親子が一緒に遊ぶのを観たのだろう」

「上手く父親になろうとしている」

「ルールは知っているようだけど父は慣れてなくて単語を返すのが遅い」

「いい加減にして欲しいという言葉が頭に浮かぶ」

「不愛想に接することで思春期の平凡な子供だと思われるのは嫌なので、」

「できるだけ微笑みながら父の言葉を待つ」

「『つまらない』という心の声が出てしまいそうになったが、」

「我慢する」

「ルーキーの父親」

役に立たない妄想から解放されると、徒労と疲労だけが残った。ただの遊びに過ぎないけれど、どうでもいいからこその楽しい時間。

よく喋る脳

稽古場までは、電車で行くことが多い。昨日は自宅から駅まで歩く途中で、ＰＣＲ検査キットをポストに投函しなければならなかった。初日を控える舞台の劇場に入るために必要なものだ。最近は誰かに手紙を送る習慣がないので、近所のポストがどこにあるのか分からない。

おそらくあそこにあったはずだと目星を付けて、わざわざ信号待ちをして反対側の歩道に渡り駅に向かって歩いていくと、あろうことか先程まで自分が歩いていた、反対側の歩道に赤いポストが見えた。ポストはちょうど信号と信号の中間地点にあったので、先程の信号まで戻るとなるとかなりの時間が無駄になる。次の信号で反対側に渡ったとしても、やはりポストまで戻ることになるので時間が無駄になるのは同じことだ。

だが、車道を横断することはできない。基本的に信号無視はしないように心掛けているし、その道路に横断歩道があれば、遠回りになったとしてもそこを渡るようにしている。

車が少なくて、多くの人が信号無視をしているような状況でも、他の人の邪魔にならないように歩道の隅に避けて静かに立っている。信号を無視する人の邪魔にならない行動を取るというのは、マナーが良いのか悪いのかどちらなのだろう？

交通ルールを遵守しなければならないという大前提はあるが、個人的に信号無視をしたくない理由もいくつかある。

まず、柵を乗り越えることが恥ずかしい。私はスマートに柵を跨げるほど足が長くはない。太ももの裏が柵の上に載っていて片足で立っている状態を一秒たりとも作りたくない。そんな不安定な体勢を知らない人に見られたくない。そうなるのが嫌だからといってカッコよく柵を乗り越えようと試みて、足が柵に引っ掛かって転倒し、頭を打って血が流れることを想像したらとても恐ろしい。近くにいる人達に助けられるのも申し訳なさと情けなさがあって嫌だ。

小学生の頃、姉から聞いた話がある。休み時間に少年が彫刻刀で遊んでいたところ、手を切ってしまい血が出た。教室にいたクラスメイト達は驚き、「先生ー！」と叫んだが当事者の少年は、「止めて、呼ばないで！」と頼んだそうだ。

その話を聞いた時、私は少年の気持ちが理解できるような気がした。彼は先生に怒られるのが嫌だったからそう叫んだわけではなく、自分の失敗が大きくなり目立ち過ぎることが嫌だったのだ。だからといって血を流しているクラスメイトがいたら、教師を呼んで助けを求めるのは適切な行為でもある。自分も同じように感じるだろうけれど、彼のように「止めて、呼ばないで!」と大声で自分の感情を表明することさえもできなかっただろう。

あと、人が見ている状況で信号無視をすることは危険ということもある。

江戸川乱歩の、『赤い部屋』という短編で、交差点でぼんやりと信号待ちをしている人がいて、まだ信号は赤なのにまるで青信号に変わったような動作を取り、そのぼんやりと信号待ちしていた人を事故に遭わせるというくだりがあった。

それを読んで以来、自分が信号無視をするということは自分だけの問題とは限らず、他者の命を危険に曝してしまう可能性もあるのだと認識するようになった。特に子供が同じ信号機で待っている時などは、怖くて信号無視なんてできない。

そんな私が信号無視をすることがあるとしたらどのような状況なのだろう。いくつか例を挙げてみたい。車が一台も走っておらず危険がないという、少々無理な設定ではあるが。

久しぶりに再会した恩師と歩いていて、「あの時、おまえにどうしても伝えておかなければならないことがあった。それはな……」というタイミングで恩師が自然に信号を無視した場合。とてもじゃないけれど恩師の話を制止することはできないし、話の続きが知りたくて信号があることすら気付かないかも知れない。

自分の背後に豹(ひょう)がいても信号無視をするだろう。交通ルールは守りたいけれど、人生のなかで自分が豹に噛まれることがあってはならない。

足元に毒蛇がいた場合はどうか。一匹なら距離を取りつつ青信号に変わるのを待つかも知れない。毒蛇が大量にいたなら、やはり信号を無視して逃げるだろう。

季節外れの蛍(ほたる)が一匹、信号待ちをしている私の前を浮遊していて、信号という概念がない蛍がそのまま道路を渡ってしまった場合。蛍に見とれている私も赤信号を渡ることになるだろう。信号機の赤などは目に入らず、蛍の優しい光だけを見つめているはずだ。

どう見ても五人組のアイドルだなという集団と私が信号を待っている状況で、向かいの道から歓声が上がっている状況でも信号を無視する。私が平然とした表情を作ったくらいでは、到底六人組には見えないだろうし邪魔になってしまうだろう。

一人で電車に乗っている時はそんなことばかり考えている。

稽古終わりには役者さん達と一緒に電車で帰ることがある。みんな疲れているので車内ではあまり話さない。数人の役者さんと一緒に帰っている時に、同じ車両に乗っていた乗客の男性が財布から大量の小銭を落としてしまった。ちょうど電車が駅に着いた時だった。その瞬間、一人の役者さんが男性に駆け寄り一緒に小銭を拾い始めた。とても優しい。私はすぐに動くことができなかった。他の役者さん達も男性に近付き一緒になって小銭を拾った。それぞれが拾った小銭が纏められて男性の財布に戻った。

電車のドアが閉まりそうな気配があった。役者さんが、「まだ間に合います！」と男性を励ましながら、彼の背中を支えるようにドアの方へと促した。

すると男性がまさかの一言を放った。

「この駅では降りません！」

役者さん達は静かに元居た場所へと戻った。演劇を観ているようだった。

姉から聞いた、手から血を流した彫刻刀の少年の姿が頭にちらついた。見たことなんてないはずなのに。私が彼になって手から血を流しているような光景。

困っている人がいたら助けるのはとても良いことだ。小銭を落とした人がいれば一緒に拾えばいいいし、彫刻刀で怪我をしたクラスメイトがいれば先生を呼ぶべきだろう。

優しい風景があることはとても良いことだ。素直で悪いことなんて、なにもない。純真であることは褒められるべきであって責められることではない、と思いたい。

自分のような人間が少し考え過ぎてしまうだけだ。私は無口だが脳がしつこいほどお喋りで、なかなか黙ってくれない。なにも考えたくなくて黙っているのに、脳が勝手にずっと喋っている。無口で喋脳。

「月、落としましたよ」

私が声を掛ける。

「俺のじゃないです」

その人は振り返らずに答える。そっか、月はみんなのもんやもんね。

まだ喋っている。

職務質問をする

ほりぶんという演劇ユニットの第九回公演『かたとき』に出演した。

本番の一ケ月前になると毎日のように稽古があった。シティボーイズのきたろうさんとお仕事でご一緒するのは今回が初めてだったので、会う前からとても緊張していたが、想像通り魅力的な方だったので、会うたびに尊敬の気持ちが大きくなった。

きたろうさんが稽古の休憩中に、「セブンイレブンで買い物してこよう」とつぶやかれたことがあった。稽古場の近くには、普段あまり見掛けない地域密着型のコンビニエンスストアが一軒あったが、きたろうさんの言葉を聞いて、近くにセブンイレブンもあるのだなと思った。

折角なのでついて行くことにした。セブンイレブンの場所が知りたかったこともあるけれど、なによりきたろうさんと一緒にコンビニに行く経験など、なかなかできないと思ったからだ。

「書く方の締め切りもあるの？」

「そうですね。でも稽古期間中は減らしています」

「そっか。大変だね」

などと会話しながらセブンイレブンを目指したはずだったが、きたろうさんはそのまま地域密着型のコンビニに入っていった。これはどういうことだろうか。セブンイレブンに行こうと思っていたけれど、私がついてきたので気を遣って稽古場から一番近いコンビニに変更したのか。それとも、この地域密着型のコンビニのことをセブンイレブンだと思ってらっしゃるのだろうか。

コンビニなので置いてある商品や店内の雰囲気は、どの店もある程度は似ている。だが看板のデザインなどはそれぞれ異なるので、後者の線は薄そうだった。

「あー、この時間だとおにぎりの種類があんまりないねー」

きたろうさんはおにぎりを買いたいようだった。

「全然、ないじゃん」

きたろうさんが残念そうにされていたので、私も一緒におにぎりの棚を探すことにした。

すると、棚の奥にシーチキンマヨネーズ味のおにぎりが一つ残っていた。

「きたろうさん、シーチキンマヨネーズがありましたけどどうですか？」

「おう！　いいの？　譲ってくれるの？」

「はい、僕はパンを買います」

私がそう言った直後だった。きたろうさんは目線をサンドイッチの棚に移して、「あー、いいな。セブンイレブンのサンドイッチ美味しいからなー」と仰った。

きたろうさんは地域密着型のコンビニのことを、セブンイレブンと認識していたのである。あるいは、あらゆるコンビニのことを全てセブンイレブンと呼んでいるのかも知れない。私はコンビニでバイトをしていた経験があるので店の違いに詳しいが、みんなそこまで気にしていないのかも知れない。

稽古場できたろうさんと時間を共有できるのは、貴重な体験だった。同じ場面でも常に表情や声に変化があるので目が離せない。その時のご自身の呼吸に合わせてお芝居をするような軽やかさがあった。私はセリフや動作に合わせて自分の呼吸も無理やり合わせてしまうために、演技がぎこちなくなってしまうのかも知れない。

きたろうさんと私が二人で会話をする場面があった。警察官役の私が不審者役のきたろうさんに職務質問する、というくだりだ。余談だが、過去に警察官を演じた人物のなかで、現実の世界で職務質問を受けた回数を競うとしたら、私はかなり上位にいくと思う。職務質問をされるのではなく、する側に回る日が来るとは感慨深いものがあった。

二人の会話の最後はきたろうさんが走って逃げる。それを私が追い掛けて、舞台の袖にはけていく。説明が難しいのだが、袖の中央には一枚幕があり、その幕の前方にも後方にも演者ははけることができる。ただし後方の方が広くて、前方は狭いという違いがあった。

演出上、きたろうさんは後方の広い袖にはけることになっているのだが、なぜか前方の狭い袖にはけていく。前方は狭いので舞台からはけ切った後、きたろうさんは身体を半身にして蟹のような歩き方でそこを抜けなければならない。きたろうさんを追い掛けている私もやはり前方の袖にはけ、やはり半身で蟹のようになりそこを抜けていく。

「きたろうさん、はけるの後方の袖らしいです」

「うん、そうだよね。前は狭いもんね」

「そうですね」

きたろうさんが狭い袖にはけるたびに一応このような会話を交わし確認するのだが、やはり稽古で追い掛ける場面になるときたろうさんは狭いところへとはけていき、身体を半身にして蟹のような体勢を取る。追い掛ける私も半身で蟹のようになる。

しかも追い掛けている足音が急に聞こえなくなると不自然なので、袖にはけた後も足音を立てなければならないため、半身の蟹のような体勢のままドカドカと走っているような足音を立てなければならなかった。誰も見ていない黒い幕の狭間で、「駄々をこねている蟹」というギャグをやっているようで情けなかった。

徐々にきたろうさんは後方の袖にはけてくださるようになったが、たまに前方にはけることもあった。私は一人で丁半賭博をやっているような感覚になり、きたろうさんが前方の狭い袖にはけると、「なんで狭いところに入っていくんですか！」と心のなかで叫び、きたろうさんが後方の広い袖にはけると、「なんで今回は覚えてたんですか！」と心のなかで叫んだ。

舞台本番の初日、出演者のみんなで円陣を組んだ。私は稽古の時から部活の一年生の気持ちだったので、円陣に抵抗はなかった。役者さん達が円陣を組んだ状態でそれぞれ声を掛けていくのだが、それがしばらく続くと、きたろうさんが「長いよ」とぼやいた。

その言葉にみんな少し笑ったが、気持ちを途切れさせずに声を掛け合っていた。それぞれ言葉を言い終わり円陣が解けた後、きたろうさんがみんなに向かって、「見たことのない世界に行こう！」と声を掛けた。あっ、熱いことも言うのだなと思った。

「長いよ」とは言うけれど、士気を高める言葉、しかも誰よりもロマンチックな言葉を掛けたことに痺れながら笑った。

千穐楽が終わった後、きたろうさんとお話しする時間があった。長い期間一緒に稽古をしてきたので、どんな言葉を掛けてくださるのか楽しみだった。

「今までさ、いろんな奴と芝居してきたけどさ、又吉……、おまえ無茶苦茶下手だったよ」と、きたろうさんは言った。思わず、笑ってしまった。

続けて、「でも、面白かったよ。上手くてつまんないよりいいよね」とも言ってくれた。その優しさが嬉しかった。

今回、職務質問の場面を演じたことによって、もう今までと同じ気持ちでは職務質問を受けることはできない。職務質問を受けるたびにきたろうさんの顔が頭に浮かぶだろう。思わず警察官に、「お仕事はなにされてるの?」と私の方から聞いてしまうかも知れない。戸惑う警察官に、「僕、職務質問したことあるんですよ?」と言葉を続けたらどうなるだろうか。

半袖はあかん

私だけが半袖で、他の人達はなにか一枚羽織っていた。列に並んでいる時にそれを恥ずかしいと思った。自分だけ元気であることも恥ずかしいし、自分だけ季節を読み間違えていることも恥ずかしい。運動会で一人だけ裸足で走る少年みたいに無邪気な奴がいると思われていないか気掛かりだった。夏の終わり頃だったので、街では半袖でも目立たなかったが、そこは都会から遠く離れた森林に囲まれた環境だったため、昼からすでに涼しかった。

その日の朝、寝過ごして家を慌てて出たため半袖になってしまったのだ。そこに名探偵のように勘の良い人がいたら、私の半袖から、住んでいる場所も、寝坊した理由も、昨夜飲んだ杯数さえも割り出してしまうかも知れない。書くことに困ったエッセイストがいたら、「半袖孤立おじさん」というタイトルで文章を書かれるかも知れない。

誰かからバカにされないように少しだけ眉間に皺（しわ）を寄せる。そうすることによって、より滑稽に見えてしまうと気付けるほどの余裕はなかった。一人だけ半袖という状態は、不安になり出すと際限がないのだ。

野外に常設された舞台の客席には一枚羽織った観客達が座っていて、私一人だけが半袖だった。夜の公演だったので辺りは暗く、舞台には照明が焚かれていた。演劇は全てを忘れさせてくれるほど素晴らしかった。舞台に壁は用いられず、背景には舞台と地続きの野原が広がり、その空間も役者達が有効に使った。奥に見える山も空も舞台の一部になっていた。

物語は私の心を摑み離さなかったが、一匹の蛾が客席に座る私の胸部に激突した。これだけ観客がいるのに私だけが蛾に選ばれたのだ。生きものがいて、風が吹き、森の音が聞こえる。それも演劇の一部であり、それは野外の舞台であるがゆえの魅力でもある。

私以外の誰かも蛾に激突されていたかも知れないし、観客の全員が蛾に激突されていたかも知れない。蛾も劇団員として周到に演出されていた可能性だってある。いや、それはない。やはり、半袖の私だけが蛾に激突されたのである。蛾が目敏(めざと)く半袖のおじさんを発見して激突を試みたのである。舞台だけが照明によって明るく照らされていて、それ以外は恐ろしいほど暗かった。虫達は灯りを求めて舞台上に集まってくる。一度意識すると、無数の虫が浮遊していることに気付く。そして、私は再び蛾に激突された。今度は右のこめかみだった。「ほらな」という言葉が頭をよぎった。そして、「ほらなって、なにが？」という言葉がすぐにそれを消した。二度激突されても、私は激しく取り乱したりはしない。分かりやすく手で払ったりもしない。私の隣に座る観客も、「一瞬、蛾が激突したように見えたけど、表情がこれだけ変わらないということは錯覚だったか」と自分の認識を疑うだろう。しかし、二度目の激突で私の疑念は揺るぎないものになった。間違いなく蛾は私を狙っていたのだ。

蛾に意識を持っていかれたとはいえ演劇鑑賞に傷はつかない。作品が素晴らしかったことにも助けられたが、俳優の表情やセリフの強さなど、細かい描写も鮮明に記憶に残っている。舞台が終わった瞬間は、他の一枚羽織っている観客の誰よりも強く拍手を送ったほどだ。私は半袖だったので他の一枚羽織っている観客達が起こす衣擦れの音などという雑音を立てることなく、純粋に手のひらと手のひらがぶつかる音を響かせることができた。

そこから宿を目指して歩いた。暗闇のなか、等間隔に並んだ街灯が照らす空間だけが切り取られたように浮かんでいる。その灯りの周辺には夥しい数の虫がばたついている。自分の身体には蛾に激突された余韻がずっと残っていた。ここからの時間は蛾と私の共同作業みたいなものだ。

先程の舞台が頭に浮かぶ。次の瞬間、私は舞台上に設置された車の助手席に座っていて、一人でなにかを恐れている。ここは近未来の日本だ。私は数人の仲間達と共に車で街を脱出して、知らない土地まで逃げてきた。その世界では絶対に蚊に刺されてはいけないし、蛾に激突されてもいけない。虫と接触することは死を意味するという過酷な世界だった。私は最近まで側にいたはずの仲間達との日々を一人で想い返している。舞台の照明は極限まで絞られていて、客席からは辛うじて車内で呆然とする私の姿が見えているだろう。独白する私の声に、観客達は静かに耳を傾けている。複数の強い照明が後方の山にあてられているため、私よりも騒めく黒い山が鮮明に見えている。その演出を人類ではなく自然に主導権がある時代の象徴と捉える人もいるかも知れないが、私にそのような演出意図はない。

都市は封鎖されていて虫は街に入ってこないはずだった。我々一般市民は、選ばれた特別な人達に捨てられてしまったのかも知れない。これから新しい世界を作っていく選ばれた人達は、安全な地下のシェルターに避難できたのだろう。そうなると地上の安全性を保つために莫大な費用を掛ける必要はなくなる。それで、再び街に虫が。

最初に現れた一匹の蚊を、私達はなにかのギャグだと思った。悪趣味な誰かが屋根裏で飼っていた蚊が逃げたのだろう、そんな悠長な推測を立てたのは私の恋人だったか。数日の間に街は旧時代のように虫で溢れ返った。しかし、旧時代に虫と人類が築いていたような関係性を取り戻すことはできない。街は混乱し地獄と化した。彼女は……、街を出ることさえできなかった。パニックに陥った街から私は仲間達となんとか脱出したが、ここからどこに行けばいいというのか。この世界はもともと虫達のものなのだ。街から離れれば当然のように虫がいる。最善は尽くしたが、途中で多くの仲間を失った。都市に残った市民の一部が暴徒化して地下のシェルターを襲撃したとカーラジオから流れてきた時、我々は狂ったように歓喜した。地下街のために供給されている電力を引っ張れば、ラジオを聴くことは可能だった。恐ろしかったのは地下街に住む選ばれた人達が、襲撃した人々のことを虫人と呼んでいたことだ。私達は自分の世界を失い、誰かにとっての害虫になっていたことに、その時になってようやく気付いた。士気は下がり、車内は重い空気に支配された。最後の挨拶もせず、仲間の一人が車から降りると山の方へ消えていった。それを契機として、一人ずつ仲間がいなくなった。

最後に残った仲間は満月の夜に、「トイレに行ってくる」と言い残し、静かに車から降りた。そして、なぜか裸になると野原まで歩きそこに尻をついた。私はどうすることもできず、その光景を眺めながら熊谷守一の『月夜』という絵を思い出した。裸の人間が身体を収縮させるように三角座りをしていて、その奥の空に月が光る印象的な絵だった。絵の裸の人間は、なにかから隠れるかのように俯いていた。例えば、マティスの『ダンス』は生きることへの賛歌を躍動感溢れる構図で表現しているが、熊谷守一の月夜はそれとは違って静かだった。二つの絵は、世界に対して解放しているものと、閉じているものという違いがあったが、なぜかどちらも人間と自然が乖離するのではなく、互いがその一部であり全体であるように見える共通点があった。彼は少しの間、月の光を浴びると立ち上がり、獣のような雄叫びを上げて走り去った。

それから二日が経った。もう彼は戻ってこないだろう。私は、仲間と同時に車のドライバーも失った。もうどこにも行けない。食料も底をついた。私も自分の人生を諦め掛けていた。その時、カーラジオから声が聞こえてきた。要約すると、地上の全ての虫を駆除したと伝える内容だった。外出しても平気だともアナウンスされた。本当だろうか？　なにかの罠ではないか？　スピーカーからはノイズだけが流れている。さっきのラジオは幻聴だったのかも知れない。一人で考えても答えは分からないので自分で確かめるしかない。私はゆっくりと車から降りた。照明は奥の山を黒く照らしている。世界は虫達のものか？　違う。山に向けられていた照明が消える。暗闇。では、世界は地下で暮らす選ばれた人々のものか？　違う。暗闇のなかで風が葉を揺らす音が響いている。少なくとも私にとっての世界は私や家族や仲間や恋人のものだ。空を見上げるが曇っていて月は見えない。世界は我々のものだ。私がそう言葉を発した瞬間、全ての照明が舞台上に立つ私を照らす。そこで観客は私の周囲に無数の虫達が飛び交っていることに気付く。私は自分がどのような表情をしているのか分からない。大きな蛾が私に激突する。蛾に激突された私は半袖である。一人だけ半袖である。私の他には誰もいない。

　半袖はあかんやろ、と宿に用意された自分の部屋で思う。網戸があるので虫は入ってこないだろう。布団に寝転んで枕もとの行燈（あんどん）を消す。暗転。気のせいだろうか、虫の羽音が聞こえている。小さいやつ。

全然、乾いてないやん

ある舞台の公演が二日前に中止になった、というネットニュースを読んだ。それを受けた人達の反応も一緒に紹介されていたのだが、自分も同じような状況になる可能性があるだけに、いろいろと考えさせられることがあった。

公演が予定通り開催されることが最善なのは当然だろう。「プロなら体調不良以外の理由で公演を中止にしてはいけない」というニュアンスの意見が紹介されていた。なぜ記事にあったコメントを正確に引用しないのかというと、コメントの意味は理解できたものの、自分が使いたくない表現だったからだ。

自分が見た風景や出来事を忠実に再現することも簡単なことではないのだが、その風景や出来事を自分がどのように感じたかという感覚を織り込んでいくことも、創作には必要だと思っている。現実に体験した出来事を文章化するにしても、実際に存在した人物が登場人物として必要ないと感じたら、そんな人はいなかったことにして、代わりに必要なことをより有効に伝えられる人物を登場させる。

　そうなるとエッセイではなく創作の領域に入るが、その方がより本当のことを抽出できると自分は考えている。「フィクションなんて、ただの嘘だろ」という人にはこのように異議を唱えたい。実話と呼ばれる類のものも、結局は誰かの視点によるものなのだから完全な事実とは言えない。殴られた方が語る物語と、殴った方が語る物語では別物になってしまうだろう。

　中止になった舞台は原作の小説があり、原作者本人がそれを演劇の脚本に書き換え、演出もつける予定だったそうだ。そんな複雑な芸当は私にはできない。「A」という小説を演劇の脚本として書き換えたものが「A'」だとして、新たに物語を立ち上げるよりも作業としては簡単なように思われるかも知れないけれど、個人的には新しく別の演劇を作る方が簡単だと思う。そもそも演劇を作ることがとても難しいことなので、こんなことに考えを巡らせること自体が不毛なのかも知れないが、小説を書く時に必要とした視点や演出を一旦忘れて、新たな視点を搭載し、さらに役者を交えて演出を施していくというのは想像しただけで気が遠くなるような工程であり、途轍もないことなのだ。

　チケットは払い戻しされるようだが、二日前という本番直前にアナウンスされたことで、遠方から足を運んで観劇する予定だった方は旅費などの出費があったかも知れないし、楽しみにしていた人は落胆したかも知れない。それらを考えると、「やるべきだった」という意見はとてもよく分かる。だが、私は中止を決めた劇作家であり演出家の方は、創作に対しても鑑賞者に対しても、真摯に向き合う誠実な方なのだと感じた。なかなか覚悟が決まっていないとできることではない。

過去にピースのトークライブのなかで、以下のような会話があった。

綾部ちゃん「クリーニング屋にさ、『この日に取りに来てください』って言われて、その日に取りに行ったらさ、『まだできていません』って言われてさ。おかしいだろ？　その日に、その服を着ようと思ってたんだよ！　こっちは！」

又吉ちゃん「なるほどな〜」

綾部ちゃん「俺達で考えてみろよ、この日に単独ライブやるって宣言してさ、お客さんが来たら『まだできてません』って、そんなのあり得ないだろ？」

又吉ちゃん「まぁ、俺達は生乾きで渡してる時あるけどな。『全然、乾いてないやん』みたいな」

綾部ちゃん　「確かに、それはあるな。汚れ落ちてない時もあるよ」

約束の日に客に服を渡せなかったクリーニング店と、約束の日に客に生乾きの服を渡すクリーニング店とでは、どちらがプロなのだろうか。生乾きだなんて極端な喩（たと）えかも知れないが、世界にはアイロンを丁寧に掛けて皺一つない完全なものを客に返却したいクリーニング店も存在するだろう。それなら数日遅れることもある。

初日と千穐楽で内容が全然違う演劇の公演なんて、沢山ある。「三日目に完成した」なんて言葉もよく耳にする。「だから、演劇通は初日と千穐楽を観るんだよ」と聞いたこともある。演劇は生ものなのだから、未完成であることが許されている節がある。「いや、完成されたものをより高みに持っていくんだよ」と主張する人もいるだろう。だけど、初日しか観れないお客さんがいることを考えると、そうなんですねと笑ってもいられない。チケット代はただではない。作り手が納得のいかないものを「まぁ、客には分かんねーだろ」とか、「千穐楽までにはなんとかなるだろ」とか、「上手くいってないけど約束だから」という考えで本番を迎えることは、鑑賞者に対して不誠実だと自分は思う。

だけど、中止にする勇気がなくて、「本番で奇跡が起こるはずだ」となにも武器を持たずに本番に突入した経験が、自分には何度もある。奇跡が起こったこともあるし、起こらなかったこともある。笑いというジャンルそのものが演劇よりも不確定要素が大きく、本番のどう転ぶか分からない「X」に頼ってしまったり、それこそが芸人の仕事だという美学もあったりするので比較するのは難しいが、中止を決断した演出家は蔓延する「演劇ってそういうものだから」という慣例に甘えることなく、「演劇って当たり外れあるよね」という認識に抵抗し、自分で責任を負ったわけである。

これだけ覚悟を決めた人が自信を持って迎える舞台の初日を、いつか観に行きたいなと自分は思った。そして自分ももう生乾きの作品を提出していい世代ではなくなってきたのだと刺激を受けた。締め切りを大幅に過ぎてしまった文章のなかで書くことでは絶対にないけれど。すみません。

誰が褒めていても、誰が貶（けな）していても、自分が好きならそれでいい。

自分が狭量な人間なんやろうけれど、「誰かが褒めてたから」とか、「誰かが貶していたから」という理由で自分の感覚が正当化されたり、否定されたりすることに息苦しさを覚える。そもそも審美眼を認められたいという欲求がない。なにかに対して誰かが、「これ好きなんです」と語っているのを見て、「そんなしょうもないもん好きなんてダサいな」と思うこともない。だけど、「これが好きな僕っていい感じでしょ？」という姿勢を見て、とてもダサいなと笑うことはある。

だが、それだって別に悪いことではない。そういう楽しみ方もあるやろう。

私が面白いと思うことが世間でも認められたらいいなとは思うけど、それはその面白いことが継続可能な状態を保てることによって、次の作品に自分が触れられるという期待があるだけのこと。好きな店が潰れたら、「あの定食が食べられへんから寂しい」ということ同じである。だから白い壁に自分の好きな泥を飾ることもある。

「それ泥ですよ！」知ってる。
「泥飾らない方がいいですよ」自分で決める。
「その泥、私も同じの持ってます」聞いてへん。
「泥はお風呂で落とした方がいいですよ」泥の種類による。
「四十二度のお湯は熱いですよ」俺はおまえじゃない。
「その泥、有名なデザイナーも褒めてましたよ」知らん。
「人気の某俳優も四十二度の風呂に浸かるそうです。良かったですね」どうでもいい。
「四十二度って、本当に四十二度なんですかね？」哲学すんな。

なんの話か忘れ掛けてるけど、飾りたい泥があるなら迷わず飾る。

アメリカ支部

相方の綾部祐二が、自由の女神を背景に今後の活動を語る映像を観た。拠点をニューヨークからロサンゼルスに移すという。以前から、ハリウッド映画に出演することが一つの目標だと語っていたので、実現に向けて動き出したのかも知れない。

綾部が自由の女神を振り返りながら、「ニューヨークも好きだし、女神も好きなんですけど」と語っていたので笑ってしまった。五年もニューヨークに住むと、自由の女神のことを女神と呼ぶことになるらしい。自由の女神を「女神」と呼ぶということを日本に置き換えてみると、東京タワーのことを「タワー」、通天閣のことを「閣」と呼ぶようなものだろうか。

「CENTRAL PARK」という文字が胸にデザインされたパーカーを着て、セントラルパークで真剣に語る綾部はふざけているのだろうか。日本に置き換えてみると、「井の頭恩賜公園」という文字が胸にデザインされたパーカーを着て、井の頭恩賜公園で語るようなものだ。

　ただし、綾部は自分の言動を周囲の人がどのように捉えるかということを先に予測したうえで、それがネガティブなものであったとしても、自分の考えを曲げずやりたいことをやる姿勢を貫いてきた。

「セントラルパークでセントラルパークのパーカー着てるやん」と笑われることなど当然分かり切っていて、それでもそれを着たいから着ているだけなのである。その一貫した姿勢を見ていると清々しい気持ちになる。そう言えば、養成所時代にも「ＳＴＡＲ」とデザインされたＴシャツを照れずに着ていた。

　綾部に対して、「恰好つけるな！」という言葉を投げることは、私に向かって「長髪！」と言っていることと同じくらいダメージがない。綾部なら、「恰好つけるな！」という声に対して、腹が立つほど恰好つけた表情で振り返るだろう。恥を飼い慣らす手腕には憧れさえ抱く。変わり者が多くいる芸人の世界でも、綾部祐二の存在は群を抜いている。

　そろそろピースを結成して二十年が経つ。私はとんでもない怪物と長い道のりを歩んできたのかも知れない。文化も言語も異なる環境で新しい目標に挑戦することがいかに大変なことかは想像するだけで怖くなる。日本支部もしっかりしなくてはと改めて思った。

銀河系永久光のチャンピオンです

若い芸人を対象とした漫才やコントの大会を観ていると、みんな素晴らしくて本当に面白いなと思いながら、自分もなにかしなければいけないという気持ちになる。

数年前、『キングオブコント』というコントの大会を一人で観ていると、自分もなにか面白いことを考えたくなり家を飛び出したことがある。だが、歩き出して一分もしないうちに雨が降ってきた。

雨が強くなったので、閉店している店の軒先で雨宿りをすることにした。自宅マンションのエントランスから百メートルも離れていなかった。雨宿りを始めてすぐに目の前の道路にパトカーが停まり、警察官が二人降りて来て職務質問を受けた。あんなにやる気に満ち溢れて家を飛び出した人間が、その三分後に職務質問を受けるなんてことがあっていいのだろうか。

「すみません、こんなところでなにされてるんですか？」

警察官に質問される。コント衣装を着ていたわけではない。私服で家出たら雨に打たれてパトカー停まって職質。コントだったとしても展開が早い。

「いやぁ、キングオブコントを観ていましたら全員面白くて、なんだか焦燥感に駆られましてね、自分もなにか考えようと家を飛び出したのですが、突然の雨ですよ。それで雨宿りをしていたらお巡りさんに声を掛けていただいたという状況です。お仕事、お疲れ様です」

とは言わず、雨宿りをしていたことだけを告げた。警察官は事情が分かると、パトカーに乗って走り去った。先程までのやる気が勢いを失い雨に濡れていた。

今夜も新しいチャンピオンが生まれた。チャンピオンの家族や恋人や友達やファンはみんな嬉しいだろうな。一つの夢が叶うってどんな気持ちなのだろう。大きな夢が自分の人生で叶ったことがないので、想像するのが難しい。夢を積立式みたいな方法で貯蓄して、一応ゆっくりと叶いつつあるみたいな感覚なら少し分かる。でも、少しずつ積立てた過去を振り返って、夢が叶ったのかと自分に問うとよく分からない。

子供の頃、「芸人になりたい」というのが私の夢だったので、それなら二十歳くらいで叶えてしまったし、新たに更新した、芸人の仕事だけで生活できるようになりたいという夢も二十代の最後に叶った。普段はそんなことを真剣に考えることはないけれど、それ以降で新たに更新できた夢は、お笑いの賞レースでチャンピオンになることだったのかも知れない。やっぱりチャンピオンは恰好良いし、その他に匹敵する夢が思いつかない。今や後輩にも沢山チャンピオンがいて、もはやチャンピオンは後輩ですらなくて、なんというか眩(まばゆ)い光を放つ特別な存在になる。とはいえ、私が一人でチャンピオンになることはできないし、相方はアメリカに渡ってしまった。彼にとってはハリウッド映画に出演するということが新たに設定した夢なのだろう。今更だが、自分にもチャンピオンを超えるような夢があればいいなと思うけどなさそうだ。

「こんばんは。銀河系永久光のチャンピオンです。トロフィーはアンドロメダ星雲で、表彰状は天の川です」

銀河系永久光のチャンピオンにでもなれたら、もう不安を感じることなんてないのだろうか。そんなことはないだろう。銀河系永久光のチャンピオンはその立場だからこその苦悩があるはずだ。そう考えると無限の向上心なんて考えは捨て、ちゃんと立ち止まってその瞬間を愛でる感覚を持つ人こそが、最強の勝者なのかも知れない。小学生が考えそうなことを中年が真剣に考え始めると出口がない。少なくとも、今夜チャンピオンになった人は、そんなことを考えないだろう。これはこれで、選ばれなかった者だけが歩ける道だと思えばいいのだろうか。決勝まで勝ち残る奇跡のようなコントを作り上げた彼等が過ごした時間をすっ飛ばして結果にだけに打ちのめされるのは狡いのかも知れない。

というところまでを渋谷のNHKの楽屋で書いた。

時間を置いて少しだけ冷静になってみようと思った。

銀河系永久光のチャンピオンってなんだ？　そんなものがあったとしてなりたいのか？銀河系永久光のチャンピオンになったことをどうやって親に報告すればいいのだ？

そうやって自分の感情を俯瞰で眺めながら、心の奥のざわざわを散らしながら過ごしていかなければならない。間もなく朝になるが、小指の切った爪みたいに細い月が空に出ている。

マタキチさんはどうですか？

子供の頃から、「嘘はいけない」と教えられてきたが、本当だろうか？　それ自体が嘘だという可能性はないだろうか。

私自身は小さな嘘を吐くことがよくあるし、これまでに大きな嘘を吐いたこともある。自分は真実だと信じていたが検証してみると嘘だったこともあるし、思い描いていたような結果にならず嘘になってしまうこともある。これらは嘘というよりも事実誤認や失敗という言葉の方が近いかも知れない。

コンビで取材を受けている時に、「マタキチさんはどうですか？」とインタビュアーに聞かれることがよくあった。読み方を間違えているのだが、私は訂正せずに普通に答える。なんとなく相手に恥を搔かしたくないという気持ちからだが、相方の綾部は、「マタヨシですよ」と丁寧に教えてあげる。インタビュアーは、「あっ、失礼しました」と謝ることになるのだが、謝られてしまうと「ややこしい名字ですみません」という申し訳ない気持ちになり、名前を間違われるよりも大きなストレスになる。話の流れから、「ややこしい名字」と考えてしまったことを親や先祖にも謝りたくなる。

なにより、「マタヨシですよ」とインタビュアーに訂正を求めた相方の綾部は、私のことを「マタキチ」と呼んでいる。なんなら取材のなかで綾部が、「マタキチ」と呼んでいるのを聞いたインタビュアーが、「あっ、マタヨシじゃなくて、マタキチなんだ」と認識してしまったのかも知れない。そうだとしたら、インタビュアーからすれば狐につままれたような感覚だろう。

そんなことを幾度も体験してきた自分が、「マタキチ」と間違えて名を呼ばれた時、顔色一つ変えずに受け入れてしまうことは、相手を偽る行為になるのだろうか。そうだとしたら、嘘を吐かないというのはかなり難易度の高いことだと感じる。

細かいことも含めて、相手の間違いを正していくのは体力がいるし、自分の細かい間違いを、その都度訂正されると誰かと関わることがしんどくなってしまう。

もちろん人を傷つける嘘はできるだけ吐かないようにしたいし、自分をよく見せようとする嘘も吐き過ぎると後で自分が疲れてしまいそうだ。だが過剰に謙遜するのも、考えようによっては嘘になってしまうかも知れない。

また、嘘を吐かず正直な心で人を傷つけることには問題がないのか、という疑問もある。

「絶対に嘘を吐かない」という信念を持つ人にはなかなか会ったことがないが、「嘘や社交辞令が嫌いだ」というくらいの人にはたまに出くわすことがある。そういう人と接していると、こちらが苦しくなったり、そんなに率直に物申して言われた受け手側は傷つかないのかと心配になることもある。

「だせぇ！」「くせぇ！」「きめー！」と、思ったことをなんでも正直に言ってしまう人とは仲良くなれそうにない。

「正直な人にこそ好感が持てる。正直な人じゃないと許せない」という人も一定数いるとは思うが、個人的には人を傷つけないために、また、自分が傷つかないために、たまには嘘を吐くことくらいあっていいと思う。

気に食わないこと全てに対して、「嫌いだ」と言わなければならないとなると、相手も自分も疲れるし争いが絶えない。一生を共にするような間柄であれば、本心で向き合う機会も必要かも知れないが、そこまでの関係性ではない人との争いは極力避けたい。それが許されるくらいの権利は誰にでも認められているはずだ。

もちろん気に食わないことを切実に表明したとしても、互いに根底の部分で認め合えるケースもあるだろうし、それは素敵な関係だと思うが、みんながみんな、そんなにも体力があるわけではない。全ての人と全力で向き合うのはかなり難しいし、ある程度は疲れないように、人を傷つけないように、誰かに嫌われないようにしたくなるのは自然なことだ。「嘘を吐く」「嘘を吐かない」というのは、目的を果たすための途中にある道のりのことなのかなと思う。目的といっても明確ななにかとは限らず、「自分が楽しく過ごしたい」「みんなも楽しく過ごして欲しい」など漠然としたことだったりするのだが、それを実現するための途中に嘘があるのは仕方がないことだと思う。

トラブルを回避するために、自分で考えて自分でバランスを取って自分で消化しようと考える人間に対して、「もっと考えていることを伝えてくれ」と不満を持つ人もいるだろう。なにを考えているか分からない人とは接するのが難しいと感じる人も多い。なにか一人で抱えていることがあるなら、伝えてくれないと助けてあげられないと考える人もいる。

ただ迷惑なだけの嘘に振り回された経験から、もう嘘を吐く人とは関わりたくないと考える人もいるだろう。そういえば高校の同級生で、「中学時代にパトカーを盗んだことがある」と武勇伝のように語る人がいた。どうやって盗んだのか聞くと、彼は鍵穴にガムを差し込んだと話した。ルパン三世と同じやり方やんと思った。ルパンは特殊なガムを使っているからそんなことができるのだろうけれど、そんなガムが大阪のどこで売っているのか疑問に思った。

だからといって、思いやりも思いつきも悪意も一括りに「嘘」とするのは言語として無理がある。

自分が関係を築いていく人と、その都度それぞれのルールを作っていくしかない。例えば、「この件に関しては嘘なしでいこう」とか「そこに嘘があると不安になる」というように、一緒に決めていけばいいのかも知れない。

互いに本当の気持ちを正直に伝え合っても和解できない国と国があったり、憎しみ合う人がいたりするが、そんな敵対する人達が同じ物語で感動したり共感できたりするということは、嘘という物語の大きな可能性であり魅力でもある。

やや欠けた月でも満月ということにして、詩を詠むことくらいは許したい。そこに満月を見た時と同じような興奮があれば、嘘も嘘ではなくなる。ただ私は、そうしようとした狡い感情を書く方が性には合っているけれど。

嘘を吐いた方がいい場面

三年ほどルームシェアしていた時期があった。ルームシェアと恰好良く書いてはみたが、ただの中年男性三人による同居である。サルゴリラ児玉は四年後輩、パンサー向井は六年後輩にあたる。

仕事を終えて家に帰ると、リビングに誰かがいることが多かった。その日の出来事を話し合ったり、思いついたことを聞いてもらったりすることで思考が整理されるので、充実した日々を過ごすことができた。二人には随分と助けられた。

一緒に住んでいると、芸人としての上下関係はあるものの、徐々に家族に近い関係になってくる。収入に応じた家賃設定にしていたため、児玉よりも後輩である向井の方が多く家賃を払っていた。正義感の強い児玉は、せめて自分にできることを……という気持ちから洗濯を率先してやるようになり、いつの間にか後輩の向井の下着を畳むことも苦にならなくなったそうだ。

喧嘩はなかったが、後輩の向井が先輩の児玉に激怒したことがあった。理由は私の誕生日プレゼントを二人で買いに行く約束をしていたのに、児玉が待ち合わせ場所の渋谷に現れず、電話も繋がらなかったからだ。向井は仕事の合間にわざわざ渋谷まで出向いていたため、時間が限られていて連絡が取れないことに焦ったらしい。ようやく連絡がついたかと思うと、「パチンコで勝っちゃって、まだ動けない」と児玉は言ったそうだ。それは誰でも怒るだろう。

その夜は、自然とリビングで話し合いが開かれたが、理由が私の誕生日プレゼントを買いに行くためだったということもあり、私は変なところで照れてしまったというか、「プレゼントなんだろう?」ということが気になり、先輩らしくトラブルを上手く収めることができなかった。結局は児玉が素直に謝り続けたので、向井も「連絡はしましょう」という当然のことを主張して仲直りすることができた。振り返ってみても、あれは喧嘩とは言えないだろう。

そんな三人で暮らしていたリビングの緩い空気をラジオで再現しよう、ということで始まったのが、『あとは寝るだけの時間』という番組である。仕事が終わって、夕飯も食べて、風呂にも入って、あとは寝るだけの緊張も責任もない時間。あの時間がとても好きなので番組のタイトルはそこから付けた。

時間を変えながらではあるが、もう五年以上放送しているので、月曜の夜はラジオということが習慣になり、自然と前日には、「明日はラジオか……、生放送が終わった後、ご飯を食べに行くかも知れないから、今夜中に宿題は終わらせておくか」と考えるようになり、当日のお昼も、「今夜はラジオだから、終わりでご飯を食べに行くかも知れないから、ランチは軽めにしておこう」などと考えるようになった。

ところが、先日の放送前に事件が起きた。生放送の三十分前になっても児玉の姿が見当たらなかったのである。児玉に電話を掛けたスタッフが、「えっ！」と驚いた声を上げた。なにか良からぬことがあったのだろうか？　電話を切った後に、「どうした？」と聞くと、スタッフは「児玉さん、忘れていたそうです」と、信じられないことをつぶやいた。

一同は、「そんなことって現実にあるんですか？」と呆気に取られていた。百歩譲って、一回限りの単発のラジオならば、そういうことも起こり得るかも知れない。だがこの番組は、毎週のことなのだ。

本番の十分前に児玉は無事に到着したので、放送上は問題がなかったが、私達は児玉の「忘れていた」という発言の衝撃が大き過ぎて、そのことばかりが話題になってしまった。

児玉は家でゆっくりしていたわけではなく、舞台の稽古を終えてNHKに向かわなければならないところ、一緒に稽古していた俳優さんと家が近所だという話題で盛り上がり、「一緒に帰りましょうよ！」と自分から誘ったうえに、家の近所でうどんまで食べたというのだ。人間にはこういうところがあるので責めることはできない。

正直に「忘れていた」と言える児玉の素直さには、憧れさえ抱く。しかし、嘘を吐いた方がいい場面もあるかも知れない。

例えば、サッカー部で三年間必死に練習をして、県大会の決勝まで勝ち進んでいたとする。決勝で勝てば、いよいよ夢にまで見た全国大会だ。その決勝を自分が忘れていたらどうすればいいだろう。正直に伝えるべきだろうか？　コーチから「又吉、どうした？」と連絡が来たらどうする？　「忘れていました」と正直に伝えると、コーチは動揺して、「わ、忘れていただと！」と大声を出してしまうかも知れない。それをチームメイトが聞いてしまったら、士気が下がるのではないか？　「えっ？　忘れてたん？　三年間こんなに頑張ってきたのに？　県大会の決勝やで？」と、なってしまうかも知れない。

急いで支度をして家を飛び出し、試合が始まる直前になんとか会場に入る。すると、監督から、「こんな大事な試合を忘れてんじゃねぇ！」と怒声が飛ぶ。それを耳にした対戦相手も、「えっ、忘れていた？　この決勝を？　そんなに余裕なの？」と動揺してしまい、本来のパフォーマンスが出せなくなってしまう。

結果、両チームにとっての大事な一戦に水を差すことになる。やはり、そんな時には嘘を吐かなくてはいけないのかも知れない。正直になるのも嘘を吐くのも、勇気がいるものだ。「忘れていた」という不測の事態を収めるためには、それだけ強い力が必要ということなのだろう。

「昨夜、決勝の気持ちを高めるために月を眺めていたところまでは覚えているのですが、そこからの記憶がありません」と伝えたら、監督はなんと言うだろうか？

酔って変なこと言うてました？

人間って本当に分からないなとつくづく考えさせられる出来事があった。

ある夜、お世話になっている芸人の先輩から、「久しぶり！　○○さんっていう女性知ってる？」とメールが送られてきた。その○○の部分には、「りえ、えみ、みき」というような日本人女性に多い名前が入っていた。「りえ、えみ、みき」がしりとりになっているのは、今回の話と無関係なので気にしないでいただきたい。

文章を読んでいて、「○○さん」とか「A子さん」と書かれていると個人的に気になってしまうので、この文章では「龍虎さん」と仮名を付けさせてもらいたい。仮名が随分強そうだが、ご本人の印象と関連性はない。先輩からの久しぶりの連絡が、そのような内容だったので、なにか問題が発生したのかと不安になった。

だが、「龍虎さん」という名前の知り合いが私には三人ほどいたので、その内容だけでは誰のことか分からなかった。すると先輩から、「又吉、龍虎さんに恋してるの？」というメールが届いた。かなり驚いたが、そういう内容ならこの時点で相手が誰なのか分かっていないということ自体が失礼になってしまう。

もしかしたら、その龍虎さんと先輩が今一緒にいて私の話になり、「龍虎さんも又吉のこと知ってるんだ」というような話の流れからメールをくださっているのかも知れない。そう考えた理由は、過去に先輩が異業種のお知り合いとお酒を飲んでいて私の話になり、そこに誘ってくれたことがあったからだ。その方とは私も過去に仕事をしたことがあった。その時と同じような状況なのかも知れない。

だとすると、「誰ですか?」という返信では向こうが盛り下がってしまう可能性がある。だが、私は軽い調子で「恋してますよ!」と送れるような人間でもない。短いメールのやり取りでは先輩の表情が見えてこないので、これがどういう類の話なのか理解するのが難しかった。しかし、「恋」という言葉が気になる。その先輩には昔からお世話になっているのだが、恋愛を茶化すような人ではなかった。

二十代の初めにその先輩から食事に誘われた時、「好きな人ができまして、今日会えるかも知れないので」と電話で話すと、「分かった、頑張ってね。どうなったかだけ教えて」と言ってくれたことがあった。まだ、ほとんど先輩付き合いの経験がなかった自分はその断り方が少し変であることも、その先輩の対応が優しいものであることも知らなかった。後から、「そうであったとしても、ネタを作らないといけないのでとか、そういう断り方をするものだ」と他の人から教えてもらった。

いろいろ考えてみたところで、その先輩には正直に答えるのが一番だと思い、「恋をした記憶はありませんが、龍虎さんという知り合いなら何人かいます」と返信した。

すると先輩から、「そっか、その龍虎さんと俺は会ったことがないから、どんな人か知らないんだけど、今一緒に俺が仕事してる知り合いが言うには、その龍虎さんが『又吉にグイグイこられて困ってる』って言ってるらしいんだ」と返信があった。

えっ？　だいぶ話が変わってきた。私が知っている三人の龍虎さんを頭に思い浮かべてみたが、そんな関係の人はいないし、そんなことをふざけて言うような人もいなかった。さらに先輩から、「ちなみに龍虎さんが既婚者なのは知ってるよね？」とメールが届いた。

私が知っている三人の龍虎さんのうち一人だけ既婚者がいたが、その人は大人の落ち着いた女性で、複数人での食事会で一年に一度くらいしか会わない人だったので信じられなかった。もちろん既婚者であることは知っているし、個人的に誘った記憶もない。みんなでご飯を食べている時に、私が無意識にずっと見つめていたりしたのだろうか。

一応、その人とのＬＩＮＥのやり取りを確認してみたが、記憶以上に月日を遡らなければならなかった。最後のやり取りは、二年前の「さっき中目黒で私の友人が又吉さんを見掛けたらしいです」「本当ですか？　恥ずかしいです」というものだった。グイグイいっているだろうか。「恥ずかしいです」が余計だったのかも知れない。「恥ずかしいだなんて、私に気があるのでは？」と思わせてしまっても仕方がない。いや、だったとしたらもう誰ともなにも話せなくなる。

すると先輩から「仕事の人に聞いたら、名字が分かったよ。○○○龍虎さんって人。仕事は○○○○だって」とメールが届いた。○○○が気になるので、仮で名字を「豪蔵鬼」として、豪蔵鬼龍虎さんとする。職業も明かせないが○○○○が気になるので、仮で「国宝破壊師」とする。驚いたことに国宝破壊師の豪蔵鬼龍虎は、私がさっきまでその人だと思っていた龍虎さんではなかった。中目黒で友人が私を見たという龍虎さんの名字と職業は知っていたが、それには該当しなかった。

ということは残りの二人の内のどちらかになるが、その内のもう一人も名字と仕事が該当しない。必然的に残された一人ということになる。確かに、最後まで残った龍虎さんの職業は先輩が言うように国宝破壊師だったと記憶している。でも私はその豪蔵鬼龍虎さんとは、よく通っていた飲み屋が同じということくらいの関係でしかなかった。なにかの間違いではないか。酔った勢いで私が変なことでも言ったのだろうか。先輩にそれは現在も進行している話なのかうかがうと「そうみたい」と返ってきた。

豪蔵鬼龍虎さんとたまに顔を合わせていたお店の人に、「仕事の人から連絡が来まして、ちょっと聞きたいのですが、龍虎さんの名字ってなんでしたっけ？」とメールを送った。私は祈るような気持ちで返信を待った。どうか豪蔵鬼龍虎さんじゃありませんように。結局、誰だか分からないという話で終わりますようにと。

お店の人からメールが届いた。開いてみると、「国宝破壊師の龍虎さんですよね？　名字は豪蔵鬼ですよ」と書かれてあった。全て該当してしまった。念のため、「僕、酔って変なこと言うてました？」と聞くと、「又吉さん変なことしか言わないじゃないですか？」と返ってきたので、確かにと思ったが、「そういうことじゃないんです！　なんか失礼なこととか」と送ると、「いや席も離れてましたし、お話しされている印象がないです」と返ってきた。

後日、お店の人に何気なく、「豪蔵鬼龍虎さんは既婚者ですかね？」と聞くと、「『彼氏いないー』って、いつも言ってましたよね」という言葉が返ってきた。そうなんだよな。

お店の人は、本人がみんな（私を含む）の前で話したことしか私に言わないだろうから、本当のところは分からない。だけど、こんなことがあるとお店から足が遠退いてしまう。でも店と国宝破壊師豪蔵鬼龍虎さんとの関係もあるだろうから、なにも言えない。

メールをくれた先輩に全ての情報を伝えると、「そっか、でも俺も聞いた話だから本当のところは本人に聞かないと分からないよね。又吉が知らなかったら大変だと思ってメールしてしまったけど。でも、豪蔵鬼龍虎さんを責めないでね。又吉のことが好きだったんだよ」と返事があった。やっぱり先輩は優しい人なのだなと思った。

だから豪蔵鬼龍虎さんのことは責めない。不思議な話として記憶に留めておく。私のことが好きだったということはないと思うけれど。国宝破壊師、豪蔵鬼龍虎という名前には夜の寺と月がよく似合う。

「繊細だと自分で主張する人は繊細じゃない」と馬鹿が言う

「繊細だと自分で主張する人は繊細じゃない」くらいの雑で単純な理屈のために、多くの人が元気なふりを強いられる。例えば、次のような哀しい自問があったとする。

「自分は傷つきやすいからこそ、それを表明すると自己演出と疑われてしまうので、逆に繊細ではないとアピールした方がいいのではないか？　繊細であると認知されても劇的に楽になることなんてないし、それよりも他者から繊細ぶっていると決めつけられることの方が余程怖い。でも、そんなことを計算できている時点で自分は狡猾な人間なのかも知れない。純粋に繊細な人は、そんな損得勘定の及ばないところで無条件に傷ついているはずだから」

そんな思考の流れに陥る人がいたなら、その時点でかなり繊細な人だと断言できる。少なくとも、「繊細だと自分で主張する人は繊細じゃない」などと他人の心情を暴力的な荒さで推測し、このような暴言を恥じずに言ってのける輩とは比べるまでもない。

そんな言葉に惑わされてしまうことも繊細である証だろう。自分が通り過ぎたはずの初歩的な問いに過ぎないことでも、他者から発せられると軽んじることができずに、「一理あるのではないか？」と考えてしまう。

これが、昼飯を食らって眠気に襲われた時の欠伸のように自分自身から出てきたものであるなら、簡単に処理できたはずだ。「理屈と理屈」で拮抗しているのではなく、「自分と他者」という存在が等価であることを重んじるあまりに、理屈も同様に拮抗しているという錯覚を抱くのである。

意地悪が嫌いなはずなのに、誰かに向けられた意地悪に対する自分こそが誰よりも意地悪になっているのではないかと不安に陥ることがあるが、それも似たような構造のジレンマなのだろう。そんな時は優しい音楽を聴いて歩くと落ち着く。

芸人が芸事以外の表現をする時代

人や作品について語ることは難しい。

たまに、「誰々について話を聞かせてください」というような依頼をいただくことがある。お付き合いがある方や、尊敬する方に関することだとお受けするようにしているが、あまり面識がない人だったり知らない人だったりすると、自分なんかよりも適任がいるはずだと考えて遠慮する。語る対象が作品であれば、鑑賞してから判断するようにしている。興味が湧けば引き受けるということだ。

音楽家の知り合いが言うには、近年の傾向として、自分で自作を紹介してもあまり世間に広がることはなく、他者に紹介してもらう方が有効だそうだ。誰かの保証が付いていると安心するということだけではなく、紹介者の感覚が信頼できる場合、「その人が面白いと思ったことを自分も読み取ることができるだろうか？」という興味が刺激されるので、作品とはまた別の楽しさが生まれるのだろう。

自分自身もスポーツを観戦していて、専門的なことを解説してくれる人がいるとより理解が深まり楽しめることがある。芸術と呼ばれるジャンルのものはそのような側面が強い。作品そのものを単独で鑑賞するのは基本中の基本であり、いたずらに作者や時代を絡めて論じるのは大袈裟だと感じることが多々ある。

しかし、その時代の流行に対するカウンターとして生まれた表現などは、時代の雰囲気を踏まえないとフェアではない。作品だけを観た場合、「醜くて苦しくて疲れる」と感じたとする。こんなものは観たくなかったとさえ思うかも知れない。だが、それがその時代に蔓延していた心地良さだけを追求した作品群に対するアンチテーゼだったとすると、また鑑賞の仕方が変わってくる。いつの時代でも論など不要で独立できる強い作品が存在するのだから、それができない作品に責任があると主張する人もいるかも知れないが、その時代へのリアクションとして作ったものならば、仕方がない部分もある。

全ての鑑賞者に、作品に対する誠実な態度として、一定の研究時間を設けて作品や作者の背景を知ったうえで鑑賞するべきだ、などとやり始めると、作品に触れる人が大幅に減少してしまうだろう。そういう意味でも解説者や紹介者が必要になるが、紹介者も千差万別なので、全てを信用してはいけない。太宰治のことを、「東北出身の暗い作家で『人間失格』という自伝を書いた人」というような、ある種のウケ狙いとも取れる虚偽が含まれた紹介を平気でする者もいる。

それを入門として、興味が生まれれば各人で詳しく調べたり、より専門的な人に話を聞けばいいというのは無責任だと思う。なぜなら、そのような雑な紹介では太宰治に興味を持つはずだった人が、興味を失ってしまうことも起こり得るからだ。それでは紹介される側も、私には関与しないでくれと感じるだろう。


私は都合よく簡易的に世代で括られるのが好きではない。

「芸人が芸事以外の表現をする時代」というような論の文章に自分が含まれていたりすると、うんざりする。小説を書いたことが、そこに含まれてしまう原因であることは明白だが、一九八〇年代から二〇一〇年代に至るまで、多くの芸人やタレントが小説を出版してきた。そのなかで、都合よく一部だけをピックアップして、論に巻き込むのは暴力だと感じる。ただのこじつけだろうとさえ思う。

「芸人が芸事以外の表現をする時代」ではなく、せめて「芸人が他の表現方法を選んでも受け入れられる視点が生まれつつある時代」くらいに留めなくてはいけないだろうし、「北野武さんは存在しなかったとして」という子供じみた条件付きになってしまう。これではなにも言っていないのと同じだ。

さらにしつこく訴えるなら、受け入れられるからやろう、と思ったわけではなく、やりたいからやっているだけだ。こんな自分に時代を読み取る感覚が備わっているはずがない。そもそも的確に時代を先取りして最先端を走りたいという欲求がない。どちらかというと時代の変化に適応しようとする気持ちがない。

「あっ、なんか変わり掛けている」ということを肌で感じることはあるが、世間が大きくそちらに舵を切っても、まだ自分は順応できずに傍観者である場合が多い。そして周回遅れで海に飛び込み、少し溺れながら船に乗り込む。自分の服は濡れていて、周りからは冷たい目で見られる。「どこに座ればいいですかね?」と近くの人に質問して、「今更かよ」という顔をされる。この船は居心地が悪いなと思う。船から遠くに美しい島が見える。あそこなら楽しいことがありそうだと考えて、誰にも相談できずに一人で海に入り島まで泳いでいく。島は誰も人がおらず、好きなだけ空想に浸ることができる。夜は一人で月を見ながらなにも考えない。誰の役にも立っていない。

そんな自分が推測とも呼べないような論に名前を書かれていることに戸惑う。そんな賢い人間などではない。

もちろん船が後から島に着き、大勢の人が降りて来たとしても嫌な顔はしない。船で意地悪だった人には優しくしようとは思わないけれど、別に自分の島ではないのだから。島の居心地が悪くなったら、また泳いでどこかに行けばいい。特に争ったり、戦ったりはしない。

呑気に泳いでいたら、冒頭の「人や作品について語ることは難しい」ということに終着できなかったので、次回に書く。

どの面さげて誰が言うとんねん

「人や作品について語ることは難しい」と感じることがよくある。

芸術と名が付けられたものには、解説があっていいと考える。その解説に触れながら、徐々に自分の知識を広げ感性を育てていけばいい。だが、芸人や笑いの仕組みに関して解説をするということは、その対象への冒瀆(ぼうとく)になるのではないかという自問がある。その対象者に指名された場合は自分なりに全力を尽くすけれども、それでも帰り道に本当にこれで良かったのだろうかと悩んでしまうことがある。

なぜなら笑いは、人が笑うという現象が起きてこそ成立するものであり、説明を要するということは、笑いが起きなかったということなので、その時点で既に失敗しているからだ。みんなが笑っているのに、「今のなにが面白かったかというとね……」と説明する者がいたとすると、それは単なる馬鹿だ。さっさと面白い人にマイクを返し、黙って続きを待てばいい。

「最近、自分が面白いと思う若手芸人は、『レコードの針』という五年目のコンビですね。現時点で全くメディアには紹介されていないんですけど、数年後には必ず賞レースに絡んでくる存在になると思います。まだネタに粗さが残っていたり、発想を飛ばし過ぎたりしてるんですけど、それが魅力でもあるんです。劇場のライブではまだ伝わり切っていなくて客席をポカンとさせることも多々あるんですが、彼等がネタをやる時は袖に大勢の芸人が集まっていて同世代の仲間から支持されています。まぁ、芸人が面白いっていう芸人は必ず這い上がってきますからね。

ネタはボケの中村虚無が考えているらしいんですけど、二人で合わせながら仕上げていくスタイルらしくて、ツッコミのフレーズは内場快楽が自分で考えているそうです。しかもレコードの針の二人はネタ合わせを絶対に二回以上はやらないそうなんです。中村虚無の『どういうことなんやろう?』という一見分かりにくいボケに対して、内場快楽がすぐに言葉を返すんじゃなくて、『ちょっと待って、え?』と泳がすところから始めていくんですよ。徐々に内場快楽が中村虚無の言葉を解体していって、中村虚無の内面の怖さというか恐怖を引き出していくんです。ネタの後半に入ると、お互いに答え合わせをするんですが、中村虚無は予想に反して全然別のことを考えていたという、裏切りがあったりするんです。五分弱のネタのなかに何回も裏切りがあって、印象に残るフレーズを作るのも上手いので、かなりおすすめです。

あとは、中村虚無がテレビに出た時にどう立ち回るかですね。普通に考えると、『どれくらい先輩にいじられる隙を出せるかが課題』となるんですけど、むしろ中村虚無はそのまま変わらずに誰にも迎合しないスタイルを貫いて欲しいですね。今そんなタイプの若手、少ないじゃないですか？　その点、内場快楽はボロ雑巾くらい使いやすいというか、ＭＣの方々がいじることを躊躇（ちゅうちょ）しないような雰囲気を醸し出しているので、いろんなところに引っ張られると思うんですよね。こいつは凄く明るい性格なんですが、家族構成が面白くて、五人兄弟で上が双子の兄、下が双子の妹の真ん中なんですよ。『アダムスファミリーより奇妙な家族です』って、自分では言ってるんですけど、上が双子なんで生まれた時から疎外感があって、やっと下が生まれると思ったら、双子の妹が生まれて疎外感が増したんです」

私がこのように若手芸人を紹介したとする。もちろん、『レコードの針』というのは架空のコンビであり、敢えて配慮が欠落した紹介の仕方を試みたわけだが、『レコードの針』の立場で上記の文章に触れると腹が立つだろうなと思う。
　そんな記事を読んで腹を立てている中村虚無に劇場でばったり会ってしまったらどうなるのだろう。

虚無　おはようございます。
又吉　おはよう。
虚無　先日、雑誌かなにかで僕達のことを紹介してくださったみたいなんですけど。
又吉　ああ、勝手にごめんな。
虚無　あの、できればなんですけど、今後はああいうことは止めていただきたいんです。
又吉　ああ……（感謝されると思っていた）ごめん。一応、誤解があったらあれやから説明すると、個人的にレコードの針の漫才が凄い好きやから、もっと認知されたら嬉しいなと思って。
虚無　そうですか。でも説明しないと分からないということは、ウケていないということなので、ウケていない未熟な状態を拡散されたくないんですよね。自分自身もまだ全く完成してないと思っているので。

又吉　なるほど。もちろん、ここからもっと凄くなっていくっていう、その物語を紹介したいっていう気持ちがあって。

虚無　そうですか。僕としては現状ではまだまだ実験を繰り返している段階なので、チケットを買って観に来てくださるお客さんを最低限楽しませながら、やっぱり実験を続けたいんですね。お客さんもそれを理解して観に来てくださっていると思うので。なので、僕達に物語があるとするならば、そういう劇場に足を運んでくれる方々に捧げたいんです。

又吉　なるほどな。

虚無　まだ発展途上の段階で、先輩にちらっと紹介されて、仮にテレビに出演する機会があったとしても、その雑なことか粗いとこだけを提供することになって、短期間で消費されて終わりになるんじゃないですかね？　そんな形は自分としては望んでいないんです。そうなると、数年後に自分が納得できる面白いネタが完成したとしても、今度は未熟だった時の印象が邪魔をして、本来のように受け入れられないという危険はないですかね？

又吉　いや、その時はその時で、また俺も含めて周りが反応するやろうし、考え過ぎじゃないかな？

虚無　考え過ぎる人間というのも自分の個性だと思っているんです。その個性を薄めることが芸人としての活動に対してプラスの影響を与えるとは思えないので、考え過ぎだから気にしなくて大丈夫ということにはならないんです。

又吉　そっか。

虚無　あと、「数年後には賞レースで……」みたいなお話をされていたと思うのですが……。

又吉　うん。

虚無　先輩がそんなこと言ったら、お客さん構えないですかね？

又吉　そうかな？　むしろ無名とか関係なくフラットに観てくれるんじゃないかな。

虚無　「無名だし、どうせ面白くないんだろうな」と思っているお客さんを無名のまま笑わせた人達が、賞レースに出場してきたんじゃないんですか？　そんな無名なコンビが徐々に実力で知られていって決勝に出場したり……。

又吉　そうやな。

虚無　そうですよね。もし、先輩が紹介していたからという理由でウケてしまって、決勝に残ったとしても、場の雰囲気だけではなくネタの発想、構成、二人の関係性、フレーズの一つ一つ、リズム、独自性などあらゆる角度からネタを観ている審査員の方はどう感じるんでしょうね？

又吉　でも、それがその年のベストであれば、自信を持って披露すればいいんじゃないかな？

虚無　決勝に出たくないのではなくて、ちゃんと実力が伴った時に正面から決勝に行きたいんですね。そのレベルに達していなかったり、初見のお客さんを笑わせる力がまだ備わっていなかった場合、その状態で決勝に行く方が僕達にとっては不運じゃないですか？

又吉　そういう考え方もあるんかな。

虚無　僕はそう考えていますね。どの芸人も必死でネタをやっていますから、他の芸人に対してフェアな状態を保ちたいという気持ちもありますし。

又吉　でも、誰かが誰かを面白いと感じるのは芸人も含めて自由やし、もし、キミがネガティブな紹介のされ方になっていると感じることがあったとしても、そんな可能性も含めてフェアなんじゃないの？

虚無 先輩がそこまで開き直ることを良しとするなら諦めるしかないんですかね。でも、せめて相方の漫談をメディアで勝手に先出しするのは止めてもらいたかったですね。「ここだ」と思った時に本人が判断して場の流れを読みながら話すべきですし、それが上手くいくか、いかないかということも含めて、本来僕達が得られる経験だったはずなので。それを奪うのは止めてください。

又吉 そうやな。

虚無 あと、これから僕達が平場でどう立ち回るべきか語っていましたけど、あれも止めてください。僕が絶対にやらないことを言うならまだしも、芸人ならほぼそう考えるだろうということを言ってましたよね？「海が来たら泳げ、陸なら走れ」みたいな。

又吉 そうかもな。

虚無 もし僕に、独自性を出した方が良いと考えているなら、「独自性を出せ」というアドバイスが逆効果になっているのはお分かりですか？「独自性を出すな」とアドバイスしていただいて、それを裏切るから独自性になるのであって、言われた通りに独自性を出していたら、それは独自性と言えますか？

又吉　なるほどな。

虚無　こんなことがあるから、芸人が芸人に人前で、「こういう風にしろ」なんてアドバイスするのはよくないんですよ。誰かに教えられているだけで魅力半減しません？誰に教えられているかにもよりますし。失礼ですが、その誰かは自分で選ばせて欲しいんです。

又吉　……。

虚無　言いにくいんですが、誰に面白いって言われるかって凄い重要じゃないですか？もっと重要なのは、劇場でお客さんに笑ってもらうことだと思うんですけど。最初にこの人に見つけられたいっていうのがあるんですよ。

又吉　うん。

虚無　本当に申し訳ないんですけど、「あいつが褒めてるくらいのコンビなら大したことないだろう」と思うお客さんもいるわけじゃないですか。だから、黙って面白いなと感じといていただきたかったんです。それなら嬉しいんです。「あんまりウケてなかったけど、俺は面白かったで」というお客さんはありがたいですし、そういう人を増やしたいし、なにより自分で考えて自分で失敗したいんです。子供の頃、音楽の時間に先生が先に歌詞を言ってくれたりしたじゃないですか？　分からない時は助かりますが、歌詞を覚えている時は、「鬱陶しいな」って邪魔に感じませんでした？　あれです。分かり切ったこと教えてくんなよ、こっちがダサくなるやろ、ってことです。

又吉　そっか。確かにそうやな。傲慢やったわ。

虚無　一応これは興味で聞きたいのですが、なんのためにそんなことするんですか？

又吉　いや芸人が好きやし、面白いことが好きやから、芸人から見たらこうですよっていう……。

虚無　商売じゃなくてですか？　飯食うために同業者の手品のタネを売っているんじゃなくてですか？　観客の驚きが減ってしまうことにも、気付かないふりしているだけなんじゃないですか？

又吉　いや、そんなつもりはない。

虚無　芸術じゃないんですから、お客さんが笑わないネタなんてダサいんですよ。仮に本人に明確な理想があって、そういう状態になってしまったとしても、当事者が自分でそのネタを心のなかで正当化すればいいんですよ。で、そのネタに含まれていた面白さの核を残して、お客さんに受け入れられるネタに改良するのが芸人なんじゃないんですか?

又吉　そうやな。

虚無　なので、僕達のことを勝手に語るのは勘弁してください。できれば僕達と同世代の芸人の邪魔もせずにお願いします。面白いことは僕達で勝手にやっておきますんで。説明もいらないものに自分達で仕上げます。甘やかさないでください。行けるはずのところに行けなくなってしまうので。あと、僕達がなんともならなくて大きな舞台に立つことができなかったとしても、「ほらな」と思わないでください。そういう実力なのであれば、そうなることが当然と思ってこの世界に入ってきたので、それで本望ですので。そんな環境から世に自力で出ていくことに意味があると思っているので、僕達の人生をあなたの人生のおやつにしないでください。

又吉　分かった。申し訳ない。

虚無　いえ、生意気言ってすみません。

又吉　いや、キミが正しいから。言ってくれてよかった。

虚無　あの、先輩が雑誌で言っていた、「誰にも迎合しないスタイルを貫いて」というのは、
これで合ってますか？
又吉　……うん、合ってるよ。
虚無　よかったです。失礼いたします。
又吉　ありがとう。

こんなことになってしまっては悲惨である。中村虚無みたいな後輩が存在していたら怖くて仕方がない。この夜は布団のなかで羞恥に悶え苦しむことになるだろう。だが、自分のなかにも中村虚無が存在しているからこそ、芸人に対してのコメントを求められた帰り道に自戒を込めて、「どの面さげて誰が言うてんねん」と自分に対してつぶやくのである。

本人確認したいのですが

先日、仕事でラジオ局に行く機会があった。番組名と自分の名前を伝えたが、すぐに入ることはできず、受付に置かれた用紙に会社名、番組名、個人名、電話番号などを記入しなければならなかった。書き終わって提出すると、警備員さんがその紙を仏頂面で睨みつけてなにも言わない時間が続いた。そして私を試すように、「生放送ですか？　収録ですか？」と質問した。

「番組名と時間を伝えられただけなので、はっきりとしたことは分からないんです」とお答えすると、警備員さんは「困りましたね〜」とつぶやいた。

おそらく、受付にゲストの情報が届いていなかったのだろう。警備員さんの判断で勝手にラジオ局に入れるわけにはいかない。番組スタッフの連絡先も知らないので、諦めるしかなさそうだった。それにラジオ局に入れなかったというのはセキュリティーの観点から正当な理由になるだろうし、パーソナリティーの立場から考えると、ゲスト不在で一つのコーナーが潰れてしまうのは大変だろうけれど、「えー、ゲストで来るはずだったピースの又吉さんがラジオ局に入ることができず帰宅されたそうです」という言葉を一度くらいは言ってみたいのではないだろうか。それに、ここで時間が空くと、取り掛かっている原稿を進めることができる。そこまで考えた後、警備員さんに、「そうですか。名前がないなら仕方ないですもんね。では帰らせていただきますので、一応来ていたことだけお伝えください」とお願いしたところ、「いえいえ、どうぞ七階です」とパスを手渡してくれた。

そこで一切のことが分からなくなった。警備員さんが懸念していたことはなんだったのだろう？　結局通してくれたということは、受付に番組名があった可能性が高い。ゲストの欄に私の名前が届いてなかったということだろうか？　それなら内線でスタッフに連絡を取って、確認するのではないだろうか？　外部の会社に雇われて派遣されている警備員さんに、そこまでの判断を任せているとは考えにくい。「吉本興業」という会社名もラジオ局では見慣れているから問題はないはずだ。「ピース」というコンビ名が、政治的メッセージを含んでいると誤解されたのだろうか？　あるいは、「又吉直樹」という名前に問題があったのだろうか？　そして、あの生放送か収録かという謎の質問が思い出される。むしろこちらが教えて欲しいくらいだ。

普通に考えると、ゲストの欄に私の名前も届いていたけれど、念のため本人かどうか確認したかったのかも知れない。だとしたら、「本人確認したいのですが」と言って欲しかった。保険証ならカバンに入っていたはずだ。いろいろと理解できないままエレベーターに乗り込んだ。

警備員さんのことを批判的に語りたいわけではない。セキュリティーのことを考えるとこんなにも頼もしいことはないだろう。どこかの会社の代表が、自社の受付で届け出がなかったため警備員さんに止められて入れなかった時、代表はその警備員を褒めたというような話も聞いたことがある。お仕事として正しい選択をしたということだ。

その話を知ったうえで、仮に私がケンタッキーフライドチキンの本社で警備員をしていたとする。そこに申請がない訪問者として、カーネル・サンダースが来てしまったらどう対応するだろう。あの有名な、白のダブルスーツに眼鏡を掛けステッキを持ったお馴染みのスタイルで。カーネル・サンダースはお亡くなりになっているので、そっくりさんやコスプレイヤーである可能性を疑うのが普通だ。当然止めた方が良いだろう。しかし、超自然的な現象として本物のカーネル・サンダースが、後輩達に伝えたいことがあって現在の本社に現れたのだとしたらと考えると、ぞっとしてしまう。

それを追い返してしまった責任を、私はどうしても感じてしまうだろう。誰もが驚くような新たなチキンの製法をカーネル・サンダースが教えに来てくれたのかも知れないのに。仲間達はカーネル・サンダースを追い返した私のことを、「俺でもそうしたよ」などと励ましてくれるだろう。「気にしても仕方ないから、一緒に飲みに行こうよ」と遊びに誘ってくれるかも知れない。

それでも落ち込んだ私は誘いに乗らず、「ありがとう、でも今日はみんな先に帰ってくれないかな」と伝えて一人会社に残る。そして各店舗に置かれているカーネル・サンダースの人形を倉庫から外に持ち出して、中庭の芝生の上に寝かせる。その隣に自分も添い寝して二人で月を眺めながら、「ごめんなさい」と謝る。その時カーネル・サンダースの人形の目には、なにが映っているだろう。

ほんまは怒ってないで

肉食系男子とは、随分と下劣な言葉だ。どのような文脈で使われ始めた言葉なのか調べる気も起きないが、生み出した人は毎晩恥ずかしい思いで眠れない夜を過ごしているのではないかと心配になる。

十年以上前に、草食系男子という言葉をよく聞くようになった。自分もたまにそう言われたりすることがあり、当時から未熟な概念だと感じていたが、それは言葉のなかに時間軸が含まれていないからだ。

例えば、草食動物なのに季節やなにかしらの要因があって、突然、肉食動物に変化したりする生きものはいないのだろうか。肉食や草食と括られる動物は、一貫して決められたものを食べ続けるのだろうか。そうだとすれば、肉食動物、草食動物という言葉は成立している。

しかし、人間は日々の出来事で考えが変わったり、誰かの影響で考えを改めたりする複雑な生きものである。遊び人だった人が結婚を機に仕事が終わると直帰するようになったり、真面目だった人が失恋を機にギャンブルにはまって借金を抱えることもあるだろう。そのような複雑な変化を繰り返す人間を捕まえて、大雑把な二つの箱に分別して捉えようとすることになんの意味があるのだろう。

「肉食系男子」と誰かが言われる場合、それは彼の人生においてどの期間の話なのか、どれくらいの頻度でその傾向が確認できたのか、という説明が抜け落ちていることがほとんどだ。生まれた時からか？　幼稚園に通っていた時からか？　小学校ではどうだった？　中学校では？　高校では？　社会に出てからか？　そのいずれかだとしたら、その前後にどのような出来事があってそうなるに至ったのか？　切っ掛けとなる具体的なエピソードを持つ人さえも、一括りに纏めてしまっていいのか。むしろ、その個体が持つ物語こそに、その人を知る手掛かりがあるのではないか。

その手掛かりを手放してまで、肉食系男子という呼称に執着する理由はなんなのか全く理解ができない。むしろ現実を誤認するために生み出されたような粗悪な言葉でしかない。

誰かの人生の一定期間を指して、「あの時、彼は肉食系男子だった」という言葉は既に破綻している。一時的な状態を生涯その人に背負わせるのはおかしい。観測者が訪れた日に雨が降っていたからといって、そこを「雨の街」と名付けるような浅はかな人は、なにかの名前を付けてはいけないのだ。翌日は晴れていたりするのだから。そこで何十年も暮らす人々がこの街は一年を通して雨が多いという実感を持って初めて、「雨の街」と名付けられるべきなのだ。

長々と書いてきたが、本当は雑な言葉が許せないという強い怒りがあったわけではない。自分も「肉食系男子です」とふざけて露悪的に言ったことがあるかも知れない。いや、ないか。肉食系男子という響きが妙につまらないから、台本に書いてあったとしても恥ずかしくて無意識に避けると思う。ここまで、草食系男子と肉食系男子という言葉を同じように扱ってきたが、それはフェアではない。草食系男子という喩えは、ある時代の一定のグループの傾向を大まかに伝える効果を持っていた可能性はある。一方で肉食系男子という言葉は先行して広がった草食系男子の対照的な言葉として生み出されたものであるため不備が目立ち、あらゆる条件をクリアできていない。草食系男子と同時に肉食系男子という言葉が生み出されていたなら、発案者はその欠陥に気付き、そのどちらも封印していただろう。利用者も同時に二つの言葉を耳にしていたなら違和感を抱き、ここまで広がることはなかったと信じたい。先に草食系男子という言葉が流布したために、肉食系男子という危うい言葉の使用許可が世間に下りてしまったのだ。

言葉狩りのような文章を軌道修正しようとしたが、思わず続けてしまった。実は恥ずかしいことがあってこんなことを書いているのだ。

数年前、私が恋人と一緒に飲食店に入ると同じ店に先輩がいたことがあった。その先輩がラジオでその時のことを面白おかしく話してくれたそうだ。そのラジオの話が時間軸が切り取られた形式でネットニュースになったため、友達から「彼女できたん？　良かったな！」とメールが届いた。「なんで？」と返信すると、「ニュースになってた」と教えてくれた。そんなことがニュースになるなんてなんか恰好良いなと思い、風呂に入りながらその記事を読んだ。事態を把握しながら、「俺に恋人がいるかどうか気になる人がおるんやな」と友達にメールを送ると、「馬やのに空飛ぶんや、みたいな興味やと思う」と返ってきたので、一瞬でも調子に乗ってしまったことを悔やみ、眼の下まで湯船に浸かった。

それはいいとして、その記事の下に添付されていた、過去の私に関する記事のタイトルが気になった。「本当は肉食系だった」とか、「彼女との出会いはナンパだった」などという文言があり、とても読む気にはなれなかった。

誰かから見ると、そのような捉え方ができてしまうこともあるのだろうけれど、大切な想い出をわざと軽んじて、ナンパと表現されるのは苦しい。言葉を尽くしても描き切れないような大切な記憶を、暴力的な言葉で片付けられてしまう無念。

「純文学なんてわざと難しい言い回しを使って、それっぽく書いているだけ。箇条書きで出来事だけ書いたら二ページで終わる」みたいなことを言いたがる人をたまに見掛けるが、自分に必要ないからといって、誰かの大切なものをそんな風に言わなくていいのに。どこかの独裁者が「人間は生まれる。優秀な人材は役に立つ。粗悪な不良は役に立たない。どっちみち人間は死ぬ」と人間の一生を箇条書きで記し、無差別で人を殺そうとしたなら、全力で我々は抵抗しなければならないし、それぞれの人生に重要な価値があるのだ、と力を合わせて伝えなければならないのに。

勇気が持てず想いを告げられなかった日々も、勇気を持って想いを告げた夜も、私の人生に絶対必要だった特別な人との出会いさえも、草食系、肉食系、ナンパなどという杜撰な言葉で雑に処理されてしまう哀しさ。

理屈を並べて、最後は「ウソですやん。ほんまは怒ってないで」というような楽しい文章にしようと思っていたけれど、そうはならずに顔面から着地して血を流すことになってしまった。

少なくとも、恋愛や性愛という尊い関係性のもとで成り立つはずのものを、「捕食」を連想させるような言葉で喩えるのはやはり下品だと考える。

戯・語源辞典

退屈な時にする遊びがいくつかある。例えば、「言葉の語源」を自分なりに推測して、納得できそうな説明を整える。「戯・国語辞典」を作るような感覚である。

一応、後から実際の答えも調べるようにしているが、正解したことは一度もない。自分勝手に想像する時間が楽しいのである。

【後ろめたい】

尾びれにも目が付いている「後ろ目の鯛」は、満月と新月の夜になると海中で後ろ向きに泳ぐことがある。ある家臣が将軍のお祝いにこの、「後ろ目の鯛」を献上したところ、「私が後退することを望んでいるのか?」と問われ、「いえ、まだ月が欠けていますから」と答えた。将軍はその場で家臣を斬ろうとしたが、これだけのことを言えるということは自分の身が安全だという確証があるのだろうと考えた。もし、家臣を斬るために立ったなら斬られるのは自分の方だろうと。将軍はこれまでの自分の傲慢な行いを振り返り、その処理を全てこの家臣に任せてきたことを思い出した。家臣はクーデターを起こすべくしたたかに準備を進めていたのだろう。将軍は時が来れば謀反を起こされると悟り、自ら将軍の座を退いた。その逸話に登場する、「後ろ目の鯛」が、気に掛かることや、やましいことがある状態の語源となった。

【はしゃぐ】

罪人の歯を削ぐと、その痛みのために罪人は踊りを舞うように身体を動かし、叫び声を上げた。浮かれて踊っている人の様子が、そんな歯を削がれた罪人と似ていることから、「歯を削ぐ」が、「はしゃぐ」という音になった。

【レインボー】

ある旅の僧侶が、四国で暮らす人々を困らせていた巨大なバケモノを討伐する際に使った技がレインボーという言葉の由来である。その巨大なバケモノは雨上がりに濡れて輝く集落を好んで襲っていた。偶然、村を訪れた僧侶が村人からバケモノの話を聞き、握り飯をもらったお礼にバケモノを倒したと言われている。

旅の僧侶は空に巨大な七色の縄を出現させると、それをバケモノの全身に巻き付けて躙（にじ）るという大技を繰り出し、一瞬で倒した。「躙る」という言葉は今でも「踏み躙る」という形で使われることが多いが、圧して潰すという意味がある。四国の人々は二度とバケモノが出てきて悪さをしないよう、雨上がりに「躙る、躙る」と魔除けの意味を込めて唱えるようになったが、それがいつからか「にじ」という音になり、「虹」の語源になった。

僧侶が繰り出した大技は残像となって現代でもよく雨上がりの空に浮かぶ。僧侶自身も魔除けの技を施した。太陽を囲むように浮かぶ円形の虹がそれである。それは僧侶の目とよく似ているため魔物が恐れて里に下りてこない効力があると言われている。

その僧侶というのが、霊院坊（五二六〜五九八年）である。霊院坊は全国を旅した後、船で欧州に渡ったという説がある。霊院坊は欧州の地でも数々の魔物を倒したが、一通り倒し終えると日本での暮らしを懐かしみ、空に七色の縄を出現させて子供達を喜ばせながら旅を続けた。子供達は「レイインボウ！」と霊院坊の名前を叫びながら喜んだという。それがレインボーの語源であると、世界最高齢の女性が本人から聞いた話として一九九八年の一四五二歳の誕生日を迎えた夜に語っている。だが人間が千年以上も生きることは不可能だとして批判された。彼女は過去にはイギリス政府から訴えられたこともある（現在は取り下げられている）が、イギリス政府が訴えを起こしたのが一七八五年のことなので、少なくとも彼女はそれから二百三十六年間は政府に監視されたまま生き続けていることになる。だが、その実態が国際的に明らかにされることはないだろう。

彼女は「霊院坊が空に描いた七色の線は魔除けなどではなく、私が長く生き続けられるように仕掛けた魔法だ」とも語っている。彼女が少女だった頃、大きな木の下で腹を減らしていた霊院坊にパンを渡すと、礼を言われ夢を聞かれたので、「二千年後の世界が見たい」と言ったらしい。すると、霊院坊は笑って空に七色の線を描き、「雨上がりにあれを見ろ」と少女だった彼女に言ったそうだ。

握り飯でバケモノ退治、パンで不老不死。霊院坊のコスパの高さが二つの話からよく分かる。コスパ（コストパフォーマンス）の語源も霊院坊に深く関わりがあるとされているが、それはコスパに詳しく記載する。

このように空想で語源を考える。誰かとお酒を飲みながら永遠に続けられる。ただそれに付き合ってくれる友達がいない。だから、その友達も空想で作ればいい。空想の友達と空想の店で空想の遊びをする。空想に耽っている時、現実の時間は流れているが自分の活動は停止する。そこを猛獣に襲われたら終わりである。「空想」＝「仮死」という考え方もできる。空想に耽るというのは、多くの仮死を体験することでもある。

「多」の「死」。これが、「たのしい」の語源では絶対にない。

闖入者

　エアコンをつけるほどの暑さでもないので、九月の風を感じながら文章を書いてみようと書斎の窓を開けてみたのだが、なにやら蜂らしき虫が入ってきた。

　虫が入ってこないように網戸をスライドさせようと手を掛けた瞬間だったので、その虫が描く無邪気な軌道を鮮明に覚えている。蜂らしき虫、と敢えて正体を断定しなかったのは、蜂ではありませんようにという虚しい願いを込めてのことだった。

　書斎に蜂が入ってくることほど、やる気が削がれることはない。書き物に集中すればするほど蜂に刺されるリスクが高まってしまう。だが蜂に刺されないように書斎の空気の流れや蜂の羽音に気を配っていると、いつまでも作業に没頭できない。

「先日、コンビニで飲み物でも買おうと思い、蜂を……」

　違うわ。「蜂を」じゃなくて、「珈琲を」や。

「先日、コンビニで飲み物でも買おうと思い、珈琲を蜂に……」

違うわ。「蜂に」じゃなくて、「カゴに」や。

「先日、コンビニで飲み物でも買おうと思い、珈琲をカゴに入れて蜂に……」

違うわ。「カゴに入れて蜂に」じゃなくて、「カゴに入れてレジに」や。

あかん。蜂に気を取られ過ぎて、蜂が蜂と蜂に蜂換わってしまう。

全然、違うわ。「蜂が蜂と蜂に蜂換わってしまう」じゃなくて、「単語が自然と蜂に置き換わってしまう」や。「蜂換わる」って、なんやねん。

というような取り返しのつかない混乱状態に陥ってしまうのである。

だが、まだその正体が蜂であると確定したわけではない。部屋の奥へと飛んでいったその生きものの姿を、冷静になって確認しなければならない。した。残念なことにそれは紛れもなく蜂だった。どうするべきだろう?

今、網戸を閉めると蜂が書斎に残ってしまう。だが網戸を開けたままにしていると、二匹目の蜂が書斎に飛び込んでくるかも知れず、私は網戸に片手を掛けたまま蜂の行方を目で追うことしかできなかった。だが、そこで私が止まっていても事態が解決に向かうことはない。せめて頭だけでも動かさなければならない。網戸と窓を開けた状態のまま部屋の電気を消せば、部屋よりも外の方が明るくなる。虫は明るいところを好むので、勝手に出ていってくれるはずだ。しかし、本当にそうだろうか？　それは夜に限定されたもっと小さな虫の話ではなかったか。ハエのように蜂も同じ習性があるのだろうか。それに日中の書斎は日当たりが良く、電気を消したくらいでは暗くならない。そんなに敏感に少しでも明るい場所を目指すほど、蜂は光に餓えているだろうか。どのように対応すればいいのかますます分からなくなる。

蜂を雑誌や新聞などで倒すという選択肢はない。反撃されるのが怖いというよりも、書斎のなかで生きものが息絶えてしまうことは避けたい。元気なまま外に旅立って欲しい。ここには新鮮な蜜などない。不安と焦燥が沈殿しただけの哀しい空間だ。長居すると蜂の体に悪い。

窓は開けたままにしておくべきだろう。二匹目の蜂が入って来るかも知れないというネガティブな思考から脱却しよう。この状況を前向きに捉え直さなくてはならない。友達が遊びに来てくれたと考えればいいのではないか？　いや、仕事中に勝手に遊びに来てしまうような友達は嫌いだ。誰なら許せるだろうか。孫か。私には孫がいない。だが孫だったことはある。祖父母は私に優しかった。噂で聞く孫というのは、目に入れても痛くないらしい。ここは蜂を孫として扱ってみよう。目に入れても痛くない孫にならば、針で刺されても痛くないはずだ。

「おう、よく来たね。玄関からではなく、窓から入って来るなんていかにも孫らしいじゃないか」

止めよう。さすがに無理がある。「おう、よく来たね」からして、嘘の言葉でしかない。感情が伴わない文章は書いていても楽しくない。強引に自分と違う考え方を試みても上手くいきそうにない。自分に合った方法で、この状況を受け入れてみよう。

もっと最悪な状況だってあり得たはずだ。蜂で良かった。そうだ、蜂で良かったのだ。窓からゴリラが入ってきていたら、おそらくこの文章を書くことすらできなかっただろう。闖入者（ちんにゅうしゃ）がゴリラだった場合、仮にタイミングよく網戸を閉めることに成功していたとしても、自分で網戸を開けて入ってきていた。霊長目ヒト科ゴリラ属ならそれくらいのことはできてしまう。

ゴリラなら、「涼もうと思って入ってきたのに、この部屋も暑いな」と考え、エアコンのリモコンを勝手に触るかも知れない。ゴリラなら、勝手に引き出しを開けてペヤングを取り出し、お湯を沸かして丁寧に湯切りまでして、それを食べたかも知れない。

私は動揺するだろうけれど、落ち着かなければならない。ゴリラは怖そうに見えるが、実は繊細で温厚な性格らしい。胸を両手で叩くあの動作も、相手を威嚇しているわけではなく、居場所を知らせて互いに距離を取ろうという合図だと考える研究者もいるらしい。

　ということは、仮にゴリラが胸を叩き出した場合、私はゴリラから離れるために部屋を出なければならない。だが、一旦部屋を出てしまうと、いつ戻ればいいのかが難しくなる。「まだいるのかな?」とドアに耳を近付けて、なかの様子を窺う。大丈夫そうだなと確認して書斎に入ってみると、ゴリラが眠っているかも知れない。私はゴリラを起こさないように、ゴリラが食べ終えたペヤングの容器を水で簡単に洗い、プラスチック専用のゴミ箱に捨てる。全て夢だったのではないかと、キッチンから書斎を振り返ると、大きな黒い物体がエアコンをつけたまま眠っている。

　ゴリラはいつまでいるのだろう。風邪をひいてはいけないから、毛布を掛けてあげなければならない。起こしてしまうと機嫌が悪くなるかも知れないので、慎重に毛布を掛ける。エアコンの設定を「しずか」に変更して、部屋の電気を消す。書斎のドアには、「ゴリラが眠っているので刺激を与えないでください」と貼り紙をしておこう。

　そんなゴリラと比べると蜂なんて全然問題ない。おもてなしこそできないが、ゆっくり休んでもらおう、と気持ちを切り替えてこの文章を書いた。

字が上手くなりたい

字が上手くなりたい。

字の下手にも種類がある。単純に読みにくかったり、丁寧だが字が幼かったり、文字のバランスがおかしかったりといろいろある。自分が気を抜いた状態で字を書くと、片方のブックエンドにもたれ掛かった本のように、右に字が倒れてしまう。首を傾けて読みたくなるような字だ。気合を入れて姿勢を正して書いても、やや字が傾いてしまう。

しかも、字が幼くて小学生の頃から印象がほとんど変わっていない。「算数」の教科書に書いた名前と税務署に提出した書類に書いた名前がほぼ同じ。まだ私の字は思春期を迎えておらず、声変わりもしていない。

さらに、かなり文字の大きさのバランスが悪い。「又吉直樹」と名前を書いた場合、「樹」だけがやたらと大きくなってしまう。余程、注意して書かないと、「樹」だけが定食屋さんで大盛りを注文しそうな雰囲気の字になってしまう。

そして、バランス感覚が悪い。紙や書類に収まらず、はみ出てしまう。市役所や区役所の受付に置いてある薄い紙なんて怖くてしょうがない。住所や名前を書くスペースが小さ過ぎるのだ。自分の住んでいる家が、「本多荘201号」ならギリギリなんとかなるけれど、「メゾン・ド・ビジャ・ラ・ドゥー　2412」とか、「祖師ヶ谷大蔵リバーサイドマンションヨン602」とか、「エメラルドオーシャンビューハウス二号棟　1203」だと絶望するしかない。

ある朝、目が覚めたら弘法大師のように字が上手くなっていたら、どれだけ嬉しいだろう。弘法大師ほどの人なら、区役所の受付で書き込む欄が小さいあの薄い紙の前でも、動じることなどないはずだ。さっと小筆を取り出し、一瞬で美しく住所と名前を書くだろう。余ったスペースに和歌を書いたりするかも知れない。

字が下手で困ることはたくさんある。

例えば取材を受けている時。質問に対しては冷静に答えることが多いけれど、たまに好きなこととの話になると余裕がなくなり真剣に語ってしまうことがある。

小説の再読をなぜするかですか？　うーん、『人間失格』は若い頃には面白く読んだけど大人になると読めないですね、という言葉をよく耳にするというか、それが一部で定型文のように使われているようですが、個人的にはそうは思わないんですよね。確かに中学生、高校生だったからこそ純粋な感性によって得た気付きは多いですすし、『人間失格』という物語の流れや、一つ一つの場面の描き方から強い衝撃を受けたというのも事実です。

一方で大人になって再読してみると、また違った発見が沢山ある。むしろ今だからこそ理解できるということも多いんですよね。中学生の頃に一度読んだ人がそれだけで全て理解できたと主張するなら、その人はおそらく本読みの天才だと思います。僕は百回読んでもまだ理解できたという実感は持てないです。毎回、面白いという実感だけは変わらずに与えてくれるんですけどね。ただ、読書なんて本人が好きなように楽しめばいいものであって、誰かに正しい方法を学ぶようなことではないですもんね。正解もあるわけではないですし。

本は、一度読んだら次は新しい本を読んで、生きているうちにできるだけ沢山の小説を読みたいんだという人がいるとしたら、それは立派な動機ですし、部分的に強く共感します。「生きているうちにできるだけ沢山の小説を読みたい」という部分ですね。僕も同じ思いです。それに一言だけ付け加えるなら、「面白い本を」という条件を足したいですね。

自分が読む本を面白くするための方法は、大きく分けて二つあると考えています。一つは、自分が本を選ぶ目利きになるという方法。自分が好きな傾向を理解して作家や興味が持てる内容のものを選ぶようにしたり、自分と趣味が近い信用できる書評家に頼ったりするのも良いかも知れません。もう一つは、その本を自分自身が面白く読むという方法ですね。本の内容は変わりようがありませんから、自分の読み方を変えるしかない。その本の魅力を最大限に引き出すために再読するわけです。再読するとですね、一度目で気付くこと、二度目で気付くこと、三度目で気付くことというのが必ず出てきます。これが少し複雑なんですけど、個人の読解力の問題ではないと自分は思います。読書という行為に最初から含まれている当然の作用なんですね。

例えば、小説を感情移入しながら読み進めていくなかで、物語内で大きな事件が起きたとします。そしたら、読者はなにかしら感情が動くはずなんです。すると、その感情を引きずったまま続きを読み進めていくことになりますよね？　つまり普通の状態ではないんですね。悲しい感情で続きを読んでいれば、そこからは悲しい単語や悲しい風景や悲しいエピソードに対して過敏になる。笑いで読んでいれば、笑える部分に敏感になるでしょう。

あらかじめ本のなかに置かれた言葉と読者の感情がどのようにブレンドされるかは読書

の醍醐味の一つですよね。ということは、違う入口、えー、別の感情ということですね。一度目よりは二度目の方が事件に対しての衝撃が小さくなるとします。すると感情の揺れも小さくなりますから、一つの感情だけに強引に誘導されることなく、クリアな感覚で続きの言葉に触れることができます。そうなると必然的に、本の内容は変わっていないのに読者が受ける印象は大きく変わります。「こんな言葉あったんだ」ということも少なくありませんし、それを恥じることもない。それだけ読者の心を動かした小説が優れているのだし、その小説に適切に反応することができた読者の感性も素晴らしい。実生活のなかで好きな人に告白された時の風景を、克明に語れないことと同じです。だけど、その人の表情や着ていた服や言葉は覚えているかも知れない。近くにあった室外機の汚れが目立っていたなどと記憶している人は稀です。普通に考えると、感情や状況に合った情報が目に入りやすいはずですから。というようにですね、読者自身の体調や日常での悩みなど個人的な要素も読書の面白さに深く関わってきますよね。だから再読は無駄ではないと、僕は考えています。

最後に少しだけ変なことを言います。そんな感じで再読を繰り返すとですね、不思議なことに一度目から同時進行で二度目の眼、三度目の眼が動き始めたりするんです。感情が激しく揺さぶられているのに、他の眼が別の読み方で補足していくような感覚ですね。それを自分でステレオの音量のように強弱を調節できたりもするので、没頭したい時は他の視点を切ればいいいし、複合的に楽しみたい時は全ての眼を活かせばいいんですね。そうなってくると、一度で事足りるのかというとそうでもなくてですね、その状態でさらに再読すれば、また新たな発見があるわけです。そうなるととんでもないカタルシスがやってきます。小説の書き出しとか、美しい地の文を眼で追っているだけで泣けてきたりします。文字が立体的に膨らんで迫ってきたり、自分と言葉の距離が0になるので言葉が脳髄に直接響いたりします。

そこまではおすすめしませんが、個人的にはそうやって小説を楽しんでいます。なぜ再読をするのかという話に戻しますが、長々と述べたような理由からです。一度で小説を充分に理解するのは難しいと思うんです。いや、小説には奥行きがあると表現するべきなんですかね。繰り返しますが、どのように本を楽しむかなんて個人の自由なので再読を強制したいわけではありません。それぞれが好きな読み方で楽しむのが理想ですよね。僕も意固地にならず、誰かに再読以外の方法を教えてもらえたら積極的に挑戦したいと思います。

このように、散々自分の想いを熱く語り、インタビュアーからも「なるほど」などと言われて調子に乗っていると、インタビュアーが色紙をカバンから取り出すのが見えてぞっとする。

「では、最後にですね。又吉さんが大切にしている言葉や読者へのメッセージを色紙に書いてください」などと言われると、先程までの自分の熱が急に恥ずかしくなる。

自分なりに、「それぞれの読書を」と丁寧を心掛けて書いてはみるけれど、字は幼いし「読」だけが大きくてバランスが悪かったりする。

インタビュアーも読者も、「いや、字下手なんかい」と無意識に心のなかで突っ込んでしまうはずだ。性格の悪い人なら汚い字を眺めながら、「ではお言葉に従いまして、熱く語っていたインタビューを再読してみましょうかね？」と思うだろう。そんな人は嫌いだ。そんな性格の悪い人なら、「『二度目の眼』で汚い色紙を見ればいいんでしたっけ？」とかも平気で思うだろう。そんな人は大嫌いだ。

字が上手くなりたい。ところで「月」という字は象形文字だろうか。

三人の少年

暗い部屋の片隅ではアロマキャンドルが焚かれていて、その香りが部屋全体に広がっている。部屋の室温は二十八度くらいだろうか。湿度も高く保たれていて湯船に浸かっているような安らぎがある。私は聞き手の女性に対して静かに語り始める。

「ゾンビから追われて逃げ込んだ部屋には、僕以外に三人の少年がいたんです。数体のゾンビが部屋の扉を開けようとするので、僕は両手でドアノブを引いて、全身の体重を使ってなんとか扉を閉めようと試みるんですけど、その扉には鍵が付いていないので、ゾンビの力に負けてたまに扉が開いたりするんですよ。かなり危険な状態だというのに、三人の少年はゲームをしたり、お菓子を食べたり、少年同士で喧嘩したりしていて、僕を全く助けてくれないんです」

それから、どうなったんだっけ？　聞き手は黙って私の言葉を待っている。

「扉の隙間から歯を剝き出しにしたゾンビが見えているんですね。部屋にゾンビを入れてしまったら、もうそこで終わりなので、なんとか粘らないといけないと思って、自分の力を振り絞って扉を閉めるんですけど、そこで『あれ？　ちょっと待てよ。この扉は外開きだよな』と思ったんです。ということは、先頭のゾンビはちゃんとドアノブを引っ張って開けようとしているということになりますよね？　かなり賢いゾンビなんですよ。でも、その割にはアホみたいに口を開けて、「ガァー、ガァー」と叫んでいるんですよ。おかしいですよね？」

聞き手の女性は優しく微笑むだけである。

「僕は、『おい！　おい！』と三人の少年を必死で呼ぶんですけど、三人は全然僕の話を聞いてくれないんです。『包丁持ってきてくれ！』と三人の少年に頼むんですけど、無視されるんです。『包丁を持ってきて、おねがい』と優しく頼んだら一人の少年がゲームから顔を上げてこっちを見てくれたんです。彼なら助けてくれるかもと思って、さらにお願いしたら、その少年はまた俯いてゲームの世界に戻ってしまったんです。なんか裏切られた気持ちになった僕は感情的になってしまって、その少年に、『ゲームなんてやってないで、現実を見ろよ！』と叫んだんです。自分が夢のなかにいるのに、『現実を見ろよ！』って叫ぶなんて僕こそアホですよね。もう仕方がないので、自分の近くに使えそうな武器がないかなと探してみると、足元にバールのようなものが立て掛けてあったんです。非協力的な少年達に対する怒りが沸点に達していたんで、ドアを急にバンと開けまして、ゾンビの体勢が崩れたところを狙って、バールでゾンビの頭部を殴ったんです。そしたら、ゾンビが倒れたんです。そのまま背後にいたゾンビも一気にやっつけまして、『えっ？　俺、戦えてるやん』とちょっと感動したんですけど、そんな余裕はないんですよ。またいつゾンビがやって来るか分からないので。すぐに次のゾンビが来るかも知れない。少年達に、『おまえら状況分かってんのか？』と声を掛けるんですが、少年達は『えっ？　なにが？』みたいな呑気な反応なんです」

聞き手の女性はその話を聞いて、少しだけ微笑みを浮かべている。

「そしたらね、街のスピーカーから、『又吉直樹さんは、間もなく相当な危機的な状況に陥ります』というアナウンスが流れるんです。やばいですよね。僕は少年達に『来るぞ！準備せぇ！』とか言ってて、普段は声を荒らげるようなタイプじゃないんですけど、高校までサッカー部だったので、完全にそのテンションに戻っていましたね。でもね、放送で知らせてくれるということは、これは自然の力で発生したゾンビではなくて、なにか大きな力によって意図的に仕掛けられたゾンビの来襲なんだなと理解したんです。僕と三人の少年がゾンビから襲われているところを、誰かがモニタリングしている可能性があるってことですよね。『一体、誰がこんなことを！』とつぶやいたところで目が覚めたんです」

聞き手の女性は「変わった夢ですね」と言いながら、ハーブティーを私の前に差し出した。そして、考えながら静かに語り出した。

「おそらくそのゾンビというのは、現在の又吉さんが抱えてらっしゃる責任のメタファーなんですね。まぁ簡単に言ってしまうと仕事ですね。次から次へとやってくる仕事のことなんですけど、これは分量の問題ではなく、その一つ一つを脅威に感じているというよりは、又吉さんは自分に課しているものが大きいんじゃないですかね。なにか思い当たる仕事あったりしますか？」

私は子供のように頷いている。

「そうですか。その三人の少年というのが興味深いですね。それは単純に考えると誰も又吉さんを助けてくれないという暗喩のようにも思えるんですけど、そうではなくて、ゾンビが襲ってくる部屋が仮に又吉さんの心のなかだと考えてみると、その三人の少年というのは、ご自身の心のなかに存在している力のことなんじゃないですかね。もっと自分はできるはずだという気持ちがあるために、自分自身のなかにある可能性に対して、『もっと稼働しろ』と要求してしまう。その少年達ですが、例えば一人は『知力』、一人は『想像力』、一人は『霊力』といった類の。少しだけゲームから顔を上げてくれた少年はどの力を具現化した姿なんですかね。ゲームをしていたなら想像力でしょうか。想像力に対して、『もっと現実を見ろ！』と叫んだということは、想像力を仕事で活用したいという意識の表れじゃないでしょうか。まずはその少年が味方に付いてくれたら、又吉さんの生活も少しは楽になりそうですね」

聞き手の女性は、「でも気になるのが、最後にスピーカーから聞こえてきた声の正体ですね」と囁いた。「なんなんでしょう？」と私が質問すると、聞き手の女性は、「なにか社会的な抑圧によって、ご自身の表現が制限されているというフラストレーションがあるのかも知れないですね。もしくは、もっと大きな力に抗いたいという感情と、目の前にある作業が繋がっていないような不安ですかね」と静かに答えた。

「どうしたらいいんでしょうか？」と率直に質問を投げ掛けると、聞き手の女性は、「さぁ、私はただのマッサージ師ですから。身体をほぐしていくことしかできません。では、しっかりほぐしていきますね」と優しい声で囁いた。

女性は聞き手ではなく、マッサージ師だった。

散文　#64号

北九州で朗読会を開催した時に、主催者の方から大きな花束をいただいた。名前を知らない珍しいお花がいくつか混ざっていて美しい花束だった。家に持ち帰り花瓶に飾りたかったので、そのまま飛行機に持ち込んだ。花束が崩れないように、上の棚には収納せず、自分の股の間に挟んでおくことにした。足元を見るたびに花束と目が合った。花束が、「強く挟まないでね」と訴え掛けてくる。

客室乗務員が、「こちらで預かりましょうか?」と声を掛けてくれた。ずっと膝を開いた状態で座っていると疲れるので有難かった。窓側の席から、通路に立つ客室乗務員に花束を渡そうとすると、隣の席で文庫本を読んでいた女性が中継しようと手を伸ばしてくれたが、申し訳ない気持ちもあり、花束は私から客室乗務員へ直接手渡した。

その女性は、私の母が持っているものとよく似た老眼鏡を掛けていた。女性は自分の目の前を通過する花束を見て、「うわー、きれい」とつぶやき、運ばれていく花束を見送りながら、「あんなにきれいな花束あるんですね」と笑顔を見せた。
花束を持ち込んだことで周りに迷惑を掛けているのではないか、と不安だった気持ちが女性の笑顔によって解消された。その笑顔は機内で抱えていた不安だけでなく、もっと大きななにかを癒してくれたのだと思う。
そして、何事もなかったかのように、老眼鏡越しの視線は文庫本へと落とされた。

ミュージックバーで手拍子している男性がいた。その人と一緒にいたお客さんが私の方を見てなにか言ったが、上手く聞き取れなかった。「はい？」と耳を少し近付けると、その人は音楽に負けない大きな声で、「手拍子がうるさくてすいません」と優しい言葉を掛けてくれた。手拍子は音楽の一部だけど、優しい言葉はそれを邪魔する音だった。優しさの方がうるさくなってしまうことがあるのだなと思い、これはなにか作品に影響を与える気付きになるのではないかと期待したが、特にそこから発展せず、現在に至っている。

先輩が家に遊びに来てくれた。デリバリーで注文した料理を摘まみながらお酒を飲んでいると、先輩が大皿の料理を取り分けようとしたのか、「又吉、スプーンある？」と仰った。

食器棚を開けてみたが、ほとんどのスプーンは洗ったばかりでまだ乾いていなかった。

食器棚には金色の重厚なスプーンが一つだけあった。今、先輩が使いたいスプーンはこういうものではないだろうなと考え、「この変なスプーンしかないんですけど」と金色のスプーンを手渡した。すると、「これ、俺がおまえの誕生日にあげたやつやん」と先輩が寂しそうにつぶやいた。

それは変なスプーンなどではなかった。誕生日に先輩からいただいた大切なスプーンだった。しかも私はそのスプーンを気に入っていて、よく使ってもいたのだ。ただ、私以外の誰かはどう感じるだろうかと余計なことを考えてしまったこと、そして料理を取り分けるのに適したスプーンではないという意識から、「変なスプーン」とつい言ってしまった。とても後悔している。「どうしてもタトゥーを彫らなければならないという状況になったとしたら、なにを彫るか？」という話題がたまに出るが、今なら「金色のスプーン」と答えるだろう。

「あいつを売ったのは俺だ」と吹聴する人は、自分の力が足りずに売ることができなかった誰かのことを毎晩想い出して、「申し訳ないことをした」と反省して欲しい。

売り物ではない商品を指さし、「あれはいくら出したら売ってくれるのかしら?」と交渉して、なにかを買ったという話が武勇伝のように語られることがあるけれど、少し下品に感じてしまう。お店が値段を付けて売ろうとしているものを買った方がいい。

だけど、子供の頃にスポーツ店に飾られていたサッカー選手のポスターをもらったことがあるので、偉そうに人のことは言えない。自分は一銭も払わなかったのだから。


「名前を付けて保存」という言葉が心強く響く時と、怖く感じる時がある。その文章に対する愛情の違いなのかも知れない。この文章は、「散文　#64」という名前を付けられて保存されることになる。短い文章が連なるこれまでになかった形式で書いた。それぞれに意図した共通項のようなものはないが、なにかしら繋がりが見えてくると嬉しい。

「人造人間　#64号」を生み出した博士もこのような感情になるのだろうか。いっぱい生んできたし、この辺で変化をつけてみようというような。優しい一面を覗かせたと思うとやや屈折した感情を吐露したりと、気分屋の性質を持つ「人造人間　#64号」を博士はどのような気分で作ったのだろう。

想い出が映るんだよ

マクドナルドに一人で行くことができない。マクドナルドは店内が明るくて華やかな印象が強い。店内では、友達や家族と楽しそうにお喋りしながら食べている人が多いので、中年男性が一人で食べていると目立ってしまう。牛丼屋やラーメン屋は一人でも入りやすい。食事の時間だから食べているのだろう、と風景に溶け込むことができるが、マクドナルドは食べるだけではなく楽しい時間も提供してくれる。マクドナルドのハンバーガーやポテトは美味しく消化できるが、楽しい雰囲気を一人で消化するのはかなり難しい。

それでも大人が一人、マクドナルドで食べるということは、なにか理由を問われてしまう可能性がある。名探偵に憧れ推理するのが好きな高校生が店内にいたなら、どのように考えるだろうか。

友達「なぜ、あの大人はマクドナルドで深刻そうな顔をして食べているのかな?」

探偵「もともと、ああいう表情の人なんだよ」
友達「でも、マクドナルドだよ？　もっと楽しそうにしてもよくない？」
探偵「うん。彼もそれに気付いているから、さらに緊張して顔が強張っているんだ」
友達「そんなに緊張するのになぜ来たんだろ」
探偵「そこだよ。理由は二つ考えられる」
友達「教えてくれよ」
探偵「一つは、もの凄くお腹が空いていた」
友達「シンプルだね」
探偵「もう一つは、マクドナルドの熱狂的なファン」
友達「好きなんだ」
探偵「あの人の場合、どちらかというと二つ目の理由が近いかも知れないね。子供の頃からマクドナルドが好きだった。自分は大人になってしまって一緒に食べに行ける友達はいなくなった。だけど時々食べたくなるから照れながら通っているってとこかな」
友達「なんで、分かるの？」

探偵「チキンナゲットのソースだよ。彼はバーベキューソースを使っている。マスタードじゃなくてね。周囲を気にするなら、時間を潰すために仕方なく入ったのだという雰囲気を作りながら注文する。その時、少しでも大人に見せたいなら辛口のマスタードソースにするはずだろ？　だけど、彼は懐かしさに負けてバーベキューソースにしたんだよ」

友達「なるほど。知らないからメニューの最初に載っている方にしたとかじゃなくて？」

探偵「ほら、見てみろよ？　ポテトを半分食べてからナゲットのソースをポテトにも付け始めただろ。あれがなにも知らない素人の技だと思うかい？」

友達「確かに」

探偵「それに、ポテトがテーブルに直につかないように、白いペーパーナプキンを巧みに使っているだろ？」

友達「本当だ」

探偵「そういうことさ」

友達「あの大人、チキンナゲットをかじって断面部を見つめているけど、あれにもなにか意味があるの？」

探偵「あそこに想い出が映るんだよ。と言いたいところだけど、ただの癖だろうね」
友達「そこに意味はないんだね。えっ？　なにあれ？」
探偵「ん？」
友達「あの大人、食べ掛けのチキンナゲットの断面をこっちに見せてきたよ」
探偵「目を合わせちゃだめだ」
友達「でも、少し笑っているよ」
探偵「見るな！」
友達「立って、こっちに来るよ。怖い」
探偵「トイレに行くだけだろ。大丈夫、落ち着いて」
友達「うん……」
（探偵と友達は平静を装い無関係の話をする）
探偵「この間の誕生日会楽しかったよね」
友達「そうだね」
又吉「すみません。僕の噂してました？」
友達「えっ？」

又吉「僕のことなんか言うてました？」

探偵「言ってないですよ？　誤解させたんならごめんなさい」

又吉「いえ、噂してないなら謝る必要はないです。噂してても謝る必要なんてありませんし」

探偵「はい、なにか気に障ることでもありましたか？」

又吉「いえ、僕は地獄耳でしてね」

探偵「地獄耳？」

又吉「これくらいの距離でも昔から声が聞き取れてしまうんですよ。その聞こえた声の内容が合っているのか、ご迷惑じゃなければ確認させて欲しいなと思いまして」

探偵「はい、なんでしょうか？」

又吉「ええ、『あいつ、本当はテリヤキバーガー食べたいのに、おっさんだからフィレオフィッシュ食べてんだよ』って言ってましたよね？」

探偵「あっ、本当にそれは言ってないです。全然違いました」

又吉「ほんまですか」

探偵「マクドナルドに慣れていらっしゃる、って言ってただけですよ」

又吉「そうでしたか、耳悪くなったんですかね。お邪魔しました」

探偵「はい」

友達「怖っ、なにあれ？」

探偵「まだ喋るな。聞こえるかも知れないから」

友達「ごめん。あっ、戻って来た」

又吉「一応なんですけど、無理やったら全然大丈夫なんですけど、友達になるのは難しいですよね？」

友達「えっ？」

探偵「僕達とですか？」

又吉「はい」

探偵「ああ、嬉しいのですが、僕達まだ学生なので」

又吉「そうですよね。すみません」

友達「……」

探偵「……」

このように噂されるかも知れない。

実際に、子供の頃はテリヤキバーガーばかり食べていたが、今はフィレオフィッシュをよく食べている。一番好きなのは、半年間シンプルなハンバーガーを食べ続けて、チーズバーガーというものを一旦忘れてからのチーズバーガーである。そうすると、初めてチーズバーガーを食べた時の衝撃が蘇るのだ。チーズ一枚でここまでいけるのかと感動できる。普通に食べるのではなく、チーズバーガーの存在を忘れて、出会い直すというのが肝心である。

いつか、月見バーガーも食べてみたい。「怖い」と自分が噂されていることに傷ついて、どこかに行ってしまったドナルドを見つけて、一緒に食べに行く。

ドライアイスが思ったより怖い

いただきもののアイスクリームを家に持ち帰った。包みを開けてみると、アイスクリームの下にはドライアイスが詰められていた。

ドライアイスをどのように処理すればいいのか分からなかったが、小さい頃、父と一緒に浴槽にドライアイスを浮かべた記憶があった。ドライアイスが浴槽で音を立てながら泡立つのが楽しくて、ずっと風呂に浸かったまま眺めていた。父は早々に風呂から上がってしまったけれど、「まだドライアイス残ってるか？」などと得意気にビールを飲みながら様子を見に来た。

キッチンの流しにドライアイスを入れた皿を置いて、水を掛けてみた。するとと想像していたよりも激しい音が鳴って、白いスモークが流し一杯に広がった。小さな演歌歌手が唄い始めそうなくらい雰囲気が醸し出されていた。あれで良かったのだろうか。気になりながらもどうしようもないので、少し離れて他の作業を始めた。

ずっと、音は鳴り続けていて、キッチンを覗くと離れた場所からでもスモークが見える。まだ小さな演歌歌手が唄い続けている。ようやく音が小さくなったので、安心し掛けたのだが、また勢いを取り戻して大きな音を響かせ始めた。アンコールだ。小さな演歌歌手がアンコールに応えているのだ。

「煙草の紫煙をくゆらせて　ビールを買って来いと言った～」と唄っているのかも知れない。もう少ししたら公演の後片付けをすることにしよう。

なにか言い残したことはないか？

立派な言葉や辞世の句を残してこの世を去った歴史上の人物を知るたびに、憧れと同時に得体の知れない恐怖を感じる。

今まさに、人生を終えようとしているタイミングで、なにも思いつかなかったらどうすればいいのだろうか。その時、私が部屋に一人だったなら辞世の句などという言葉は知らないことにして、必要であれば過去の発言や書いたものからそれらしき言葉を勝手に選んでもらえばいい。

だが、その時に誰かと一緒にいたとして、「なにか言い残したことはないか？」などと聞かれたら最悪である。私はその質問者が親友だったとしても少し嫌いになる。言い残したことがあったとして、言える体力が残っているなら自分から言うし。

最期の言葉を聞こうとしてくれた誰かからすれば善意なのだろうけれど、聞かれた方は絶対になにかを言わなければならない状況に追い込まれてしまう。折角、最期は人生で最も楽しかった時間を思い浮かべながら穏やかに過ごそうと考えていたのに、なぜ最後の最後で緊張しなければいけないのか。

天に召されようとしているアスリートに、「最後に五十メートル走のタイム計測しとかんでええか？」と言っているようなものだ。ゆっくり目を閉じようとしている状況でベストタイムなど出るはずがない。

だからといって、「言い残したことがあったとして、言える体力が残っているなら自分から言うし」と答え、最期に寂しそうな表情を浮かべる親友の顔を見たくもない。

瀕死の友にそのような質問を投げ掛けてしまう純粋な人なら嘘など吐けないだろうから、そこで起こったことを正直に周囲の人に伝えるだろう。すると、私は周囲から善意を踏みにじる理屈っぽい人として記憶されてしまう。それを聞いた人達からも、「そういえば、似たような話があって……」と同じような私の屁理屈が掘り返され、そこだけが私の人となりとして強調されてしまう。

噂を聞きつけた別の理屈っぽい誰かに、「それだけの文字数を話せる体力があるならなんか言えただろう」などと言われるのもごめんだ。では、どうする？

「なにか言い残したことはないか？」

「うーん、特にないかな」

これも駄目だ。「ないんだ」という余韻が残り過ぎてしまうし、伝わり方によっては葬儀でウケてしまう可能性もある。

「なにか言い残したことはないか？」

「おまえは？」

これはどうだ。妙案かも知れない。別れはお互いにとって等しいものなのだから、おまえの最期の言葉こそを俺に聞かせてくれと相手にマイクを譲る。

だが、急に質問を返された親友は焦ってしまい、なにを言い出すか分からない。それでも正直者で優しい親友はなにか言わなければと考え、なんとか言葉を絞り出すだろう。そうなると、自分もそれに対する言葉を返す必要が生じてしまい、そこからの流れが心配になる。

例えば、

「なにか言い残したことはないか？」

「おまえは？」

「頑張れよ」

「えっ?」

「あのー、向こうでも頑張れよ」

「どうやって?」

「えっ?」

「いや、俺死ぬねんで。引っ越すんちゃうで」

「そっか……」

「まだ頑張らすの? せめて『頑張ったな』とかちゃうん? いや、自分で言うことちゃうけど」

「ほんまやな」

「……」

「……」

地獄。結局、理屈っぽいという印象は変わらない。むしろ強くなっている。純粋で優しい親友は、「俺が変なこと聞いてしまったがために……」と周囲にこぼし、「おまえは悪くないよ」と励まされ、では誰が悪いのか?と誰もが考え、そのうちの多くの人は私の責任にするだろう。ではどうする?

「なにか言い残したことはないか?」

「ない。全て書いた」

一番駄目。恰好つけ過ぎているし、全ては書けない。親友の表情に、「えっ、あれで?」というニュアンスが少しでも浮かんだら、「嘘に決まってるやん!」と裏返った声で誤魔化してしまいそうだ。事前に考えていたと疑われる可能性もある。

「なにか言い残したことはないか?」

「いやぁ、やり切ったなぁ」

これはどうか。もう自分の人生は全て終えたという視点に立ち、感想戦に持ち込む。感想戦なのだから、もう戦う必要はない。「やり切ったなぁ」ということによって、親友も私との楽しかった記憶を一緒に振り返ってくれる。

しかし、この文章でここまで育ててきたバケモノのように純粋な心を持つ親友だったとしたら、そんなに上手く纏まるだろうか。

「なにか言い残したことはないか?」

「いやぁ、やり切ったなぁ」

「やり切ったよな。それで、なにか言い残したことは?」

と、さらに私を追い込むかも知れない。最早、想像上の親友のことが嫌いになってきた。

これからの人生は勘の鈍い優しい親友よりも、勘の良い残酷な親友を探すことにする。

辞世の言葉ではなく、現世の言葉として、「なにか言い残したことはないか?と私に絶対聞くな」と純粋で優しい親友に伝えておきたい。

参拝

友人から、「箱根に参拝に行くんやけど一緒にどう?」と声を掛けられたので、行ってみることにした。友人は仕事の疲れが溜まると、たまに箱根の空気を吸いに行くそうだ。箱根の山や芦ノ湖周辺を歩いているだけで、気持ちが楽になるらしい。

新宿駅からロマンスカーで小田原駅まで行き、そこからはレンタカーで箱根の九頭龍神社を目指した。私は車の運転免許を持っていないので、助手席で好きな音楽を流すことしかできなかった。友人は高校時代は和歌山の強豪校でサッカーをしていた。同学年なので何度も対戦したことがある。

敵同士だった二人が同じ車で箱根を目指すというのは不思議な時間だった。車から芦ノ湖が見えた時は、その美しさに驚いた。

「東京から数時間でこんな大自然があるんだ……」と古いCMであったような言葉が頭に浮かんだ。悪い癖で、CMにありそうな場面と言葉が次々と頭をよぎる。

若い父親が運転する車の助手席に、幼い娘が座っている。二人とも笑顔で話している。次は、少し老けた父親がハンドルを握り、思春期の娘が助手席で俯いている。なぜか娘は仏頂面で、二人に会話はない。そんな娘に対して父は、「着いたら起こすぞ」と言葉を掛ける。

次は、年老いた父がハンドルを握り、大人になった娘が助手席に座っている。娘は父の手や横顔を黙って眺めている。大人になった娘は自分が幼かった頃、父が運転する車で自分が笑っていたことや、思春期の頃、塾まで車で迎えに来てくれた父と会話がなかったことを想い出している。

そして、芦ノ湖を眺めながら、「車があってよかった……」と娘はつぶやく。父はなにも言わない。続けて娘は、「ありがとう」と前方に広がる風景を眺めたまま囁く。父は、「うん」とだけ返す。家族向けの車のCMが完成した。

私は無性に娘のセリフが言いたくなり、「車があってよかった……、ありがとう」と大人になった娘っぽく実際に声に出してみた。運転している友達はハンドルを握ったまま、「CMやん」と笑った。こちらの脳内で展開された意図がなんとなく伝わったようだった。

だが現実では助手席に座る髭面の四十二歳が、運転席の髭面の四十二歳に、「車があってよかった……、ありがとう」と感謝を述べているのだった。

九頭龍神社の近くの駐車場に車を停めて、そこから十五分ほど歩いた。その途中で年配の二人組が私達を追い抜いていった。

「あの二人、歩くの速くない？」と友達が不思議そうに言った。確かに一歩の幅が大きいわけでもなく、急いでいるような歩き方にも見えないのに、軽やかにどんどん進んでいく。

忍者なのかも知れないと思った。最近、なにかの動画で、「忍者は普通の身なりで正体を隠しているが、歩くのが異常に速い」と説明しているのを観たところだった。

「あの人、リュックのポケットが手裏剣の形に膨らんでたで」と私が言うと、「忍者やったんや」と友達はすぐに理解した。また私の意図が伝わったようだった。

これだけ考えていることが伝わるのだから、高校時代に彼と同じチームだったならパスがよく通ったことだろうと無駄なことを思った。

忍者とサッカー部ではどちらの方が足が速いだろう？　歩くのは忍者かも知れないが、本気で走ればサッカー部の方が速いはずだ。かなりサッカー部贔屓の考え方で恐縮だが、部活別の走力でいうと、一位はサッカー部、二位は陸上部、三位が野球部、四位に忍者、五位にバスケ部といったところだろう。

「でも、本気出したら忍者よりサッカー部の方が速いよな？」

「そうやな」

「忍者はバスケ部より、ちょっと速いくらいやろ？」

「うん、サッカー部、陸上部、野球部、忍者やんな」

彼もサッカー部だったので、サッカー部贔屓の考え方になってしまう。ただ、これも私の意図が上手く伝わったようだった。狭い角度のスルーパスが通ったような気持ち良さがあった。

九頭龍神社の入口からは、芦ノ湖に沿って歩いていく。頭も身体も浄化されていくような感覚を箱根の自然が与えてくれる。

「まったんはスプリント系？」

「いや、どっちかいうたら持久力かな」

「ダイナモ系だ」

「そうやな、北澤やから」

「俺は武田」

北澤とは、元日本代表でヴェルディ川崎でも活躍した北澤豪（つよし）選手のことである。試合中、無尽蔵に動き回るのでダイナモと呼ばれることがあった。そして、武田とは、同じく元日本代表であり、ヴェルディ川崎でも活躍した武田修宏選手のことだ。ゴール前での一瞬のスプリントに天才性があった。どちらも私達が子供の頃のスター選手だった。

「武田さんは電車乗り遅れそうな時とか、一瞬の加速で気付いたら電車のなかにいてるねんけど、北澤さんは電車に乗り遅れても、そのまま次の駅まで走れるから」

「確かに、そうやんな」

やはり、私の意図が伝わったようだった。自軍のディフェンスラインから、一気に相手ディフェンスラインの裏に一か八かでロングボールを蹴ってみたら、オフサイドぎりぎりのラインを抜け出してパスを受け取ってくれたような快感があった。

九頭龍神社を参拝して芦ノ湖を眺める。新鮮な空気が全身に満たされていく。

帰り道も、やはりサッカーの話をしながら歩いた。

「俺達、何歳までこんな話するんかな?」と友人に聞くと、「ずっとでしょ」と彼は返した。

トラップしやすい優しいパスが利き足に入った。

四十二歳の誕生日

本日、六月二日は四十二歳の誕生日だった。

さすがに四十代にもなると、自分の誕生日に対する興味が薄くなっていることに気付かされる。昼間に仕事を終えて、夕方には家に着いた。強がるわけではないが、「お祝いしようよ」と気を遣ってくれる友人もいた。気持ちは嬉しかったけれど、原稿の締め切りが迫っていたので、作業を進めることにした。原稿を書きながら誕生日は終わっていくだろう。静かに誕生日を過ごせるのは幸せなことだ。

昨夜、四十二歳になった直後には動きやすい服装と靴で散歩に出掛けた。四十二歳、最初の音楽はなにを聴くべきかと慎重になった。真剣に一曲目に向き合ううちに、平静を装ってはいるものの、自分の誕生日にやはりなにかを期待しているではないかと思った。

なにか新しい音楽を聴いてみよう。啓示を受けたように最初の一曲が決まった。これまでの人生の節目では聴いてこなかった、斬新な試みに満ちた刺激的な音楽だった。

目的地はなかったので、過去に自分が住んでいた家まで歩いてみようと思った。だが、それでは新しい気持ちで生きていくという願いを込めて曲を選んだことと矛盾している。一瞬で目標を忘れ去り、平常時に戻ろうとしている自分に愕然とした。

住んでいた街ではなく、これからのことを考える場所まで歩こう。それはどこだろう？

そんなことを考えていると、ロサンゼルスに引っ越したばかりの綾部祐二から電話が掛かってきた。液晶に表示される画面を見て、電話に出るかどうか悩んだ。

そっと気付かなかったことにして、やり過ごすことも考えたが、誕生日に電話をくれるなんて律儀だなと思い直し、少しだけ話すことにした。

「おう、なにしてんの？」と聞かれたので、「散歩してるで」と答えると、「頭おかしいじゃん！」と陽気に言われた。

なぜ、夜中に散歩していたら頭がおかしいのだろうと考える余裕を与えずに、綾部祐二は自分の近況とこれからのことを楽しそうに語り、一方的に電話を切った。

私の誕生日は関係なかった。綾部祐二は一言も私の誕生日に触れなかった。

真夜中の押しボタン式信号機のボタンを押さず、青に変わるはずのない赤を見つめながら、しばらく呆然としていた。

死神

北関東のビジネスホテルに居て、窓からは近くの交差点が見えている。壁際には無個性な机がある。卓上の照明だけを頼りに、ノートパソコンを開く。机の上の壁には大きな鏡が設置されていて、自分の顔が映ってしまうので気分が悪くなる。手元の照明を消してしまうと、鏡には液晶に照らされた青白い顔が仄かに映る。その背後に立っているのは誰だろう。鋭利な鎌を持っているから死神かも知れない。

「もしかして死神ですか？」

「違います」

違うらしい。死神ではないようだ。

そうなると、ますます怖くなる。黒装束で鎌を持ち、いつの間にか背後に立つ存在を死神の他には聞いたことがない。考えても答えに辿り着けそうにない。本人なのか、本神なのか、まだ判然としないのだが、取りあえずはこの何者かに直接聞くしかなさそうだ。

「死神じゃないんだったら、誰なんですか？」

「気になる？」

「まぁ、自分の部屋なんでね」

「そうなんだ」

「ホテルのフロントに言ってもなんとかなる存在ではなさそうですもんね？」

「まぁ、そうだろうね」

「じゃあ、霊的な存在であることは確定ってことでいいですか？」

「いや、ホッケーの選手だよ。ほら」

そう言って、その存在は鎌を持ち上げてヒヒヒと笑った。口の中に牙のような八重歯が見えた。怖いなぁ。私に災いをもたらしそうな気配に満ちている。

「それホッケーの道具じゃないでしょ。それで球を叩いたら割れちゃいますよ」

「そうかもね」

「ホッケーの選手じゃないですよね？」

「この鎌を使ってね、パーティー会場に残った天井に張り付いている風船を割る業者だよ」

「それはなにかの暗示ですか？　ここはパーティー会場から最も遠い部屋ですよ」

「キミは冗談が通じないタイプなのかな？」

「あなたの冗談に限ってですかね。ご自分で思っているより、つまらないですよ」

するとその何者かは再びヒヒヒと笑った。

「ヒヒヒっていう、笑い方があきらかに死神なんですよねー」

「あっ、バレちゃった？　こんばんは、死神です」

「最悪やー、なんで今なんですか？」

「え？」

「もっと早くに迎えに来るか、もっと遅くに迎えに来るか、どっちかにしてくださいよ。僕ね、最近は長生きしたいなとか思い始めてるんですよ。笑えますよね？」

「笑わないよ。さっきのお返しに」

そう言った瞬間の死神は、これ以上ないほどに真顔で、目の奥が真夜中の森のように暗くて吐きそうになった。

「迎えに来たんじゃないなら、なにしに来たんですか？」

「いやぁ、死神の異名を持つ人間を査定してるんだよ。死神に転職可能かどうか……」

「異名じゃないですよ。芸人同士でふざけていただけです」

「うん、知ってる」

「最近、神手不足なんですか？」

「そうなんだよ。鏡越しに私を見てどう？　自分の方が死神っぽいなぁ、とか思わない？」

思うはずがない。この死神は、なにをするために自分の背後に立つのだろう。不思議と命を取りに来た雰囲気はない。だからと言って、スカウトではあるまい。面倒なことに巻き込まれなければいいのだけど。

「自分の寿命って知りたい？」

「なんでですか？」

「私が死神になって、ちょうど一億人目の顧客なんでサービスしようかなと思って」

「絶対、知りたくないです」

「そうなんだ、ヒヒヒ、ヒヒヒ、hihihi」

「なんか最後の笑い方が一番本場っぽかったです」

「本当？　ありがとう」

「で？」

「いや、様子を見に来ただけだよ。最近はどんな調子かなと思ってね。ちなみに何歳まで生きたいとか希望はあるのかな？」

「サービスしてくれるんですか？　それなら喜んでお受けしたいです」

「いや、どれくらい生きる設定で日常を送っているのかなと思って。はっきり言って無駄なことに時間を使っている暇なんかないよ。死ぬ気で生きないと、やりたいことの半分も終わらないよ。少しでもキミの邪魔をする人とは、早々に縁を切った方が良いね。キミの人生はキミのものなんだから、無理に普通をやろうしなくていいよ。普通にしたいのはキミの願望ではないだろう？　誰の影響か知らないけれど、一時的な情にほだされただけだろ？　キミはキミのやるべきことをやらないと、後悔して人生を終えることになるよ。大通りなんて歩いている場合じゃないだろ。キミが見たい景色が広がる側道こそを歩くべきだね」

「そんなことは分かっていますよ。自分のことは自分で決めてきましたし、死神様の御宣託も承るつもりはありません」

「hihihi, hihihi, hihihihihi!」

「上手い、上手い。よっ、死神」

「ありがと、ありがと。じゃあ、そういうことで今夜は帰ろうかな」

「お気を付けて」

死神は部屋に設けられた小さな冷蔵庫を開けて、「あっ、違うわ」とつぶやくと、次の瞬間、どこかに消えた。窓の外が明るくなったような気がしたので、覗きに行くと交差点の信号が全て消えて、その真ん中に立った死神がこちらを見上げて手を振っていたので、私も頭を下げた。明日は早朝から仕事なので、アラームを掛けて眠ることにする。

散歩

　家から歩いて三十分ほどの場所に大きなカフェが鎮座している。客席は充分過ぎるほどに設けられているが、珈琲豆を焙煎する大型の機械が設置されている特殊な光景が、珈琲の総本山のように見えるのである。

　散歩も兼ねて珈琲詣でのような心境で参るわけだが、夕方に家を出ることが多いため、住宅街を歩いていると徐々に辺りが暗くなってくる。若い頃からの習慣で、日中はあまり電気を点けない。最初は電気代の節約のつもりだったが、暗い方が自分に優しいような気がして気分が楽だった。だが日が暮れ始めると、このままここで自分が死んだら誰にも発見されないのではないかと不安になり、外の空気を吸いたくなるのだった。その時間には太陽の光も勢いを失い、怒られているような気持ちにならずに済む。一体、なにに対して後ろめたさを感じていたのだろう。

　そんな名残を大人になった現在も引き摺っている。

毎度、もう少し早くに家を出ていれば良かったと後悔して憂鬱になり掛けるのだが、住宅街を抜けて大通りに出ると空がひらけて、西の方角が赤く染まっているのが見える。すると、憂鬱から解放された心に、夕焼けによってもたらされた感傷が入り交じり、なんとも言えない混沌とした感情になる。

優先して考えなくてはならないことは、締め切りが迫った原稿のはずだが、感情に合わせてチャンネルを回していくと、過去の後悔についてしか考えることができなくなる。

それらの記憶と真剣に向き合う自分に気付くたびに、我に返り、「俺って阿呆やな」と笑いそうになる。そして、気持ちを切り替えて仕事のことを考え始めたりはしない。「さて」と、開き直ってどっぷりと感傷の沼に嵌(はま)っていくのである。

着ている洋服は溶けてしまって、金属製のボタンだけが沼の底へと沈んでいく。体中の汚れと穢(けが)れが泥によって落とされ、全身の皮が薄く剝がされていく。むき出しになった皮膚を泥が優しく包み込んでくれる。

「先生、二人組の相手がいません」と報告する勇気がないから、一人でなにもせんとおる。

自分が描いた自画像の目に、押しピンが刺されているけど見んかったことにする。

街で会った同級生がこっちに気付いて慌てて角を曲がった。ごめんな。

魔法瓶の水筒なんて持っていないよ。姉のお下がりです。

プーマじゃなくてクーガなんやね。それでも使うよ、お父さん。


いつの間にか空が暗くなっていて、視線を落とすと等間隔に並んだ街灯がどこまでも続いているのが見えた。夜の匂いがする。そこに、コインランドリーの匂いが重なる。

徒歩三十分というのは歩き続けた場合の話であって、立ち止まって哀愁を蒐集していたのでは、どこにも辿り着けない。悪い癖だ。ゆっくりと歩き始める。

「あの時、あの人に自分の正直な気持ちを伝えていればどうなっていたのだろう?」と考えることがある。特に物理的な問題があったわけではなく、自分の判断で気持ちを伝えなかったのだから、その瞬間を何度やり直したとしても同じことを繰り返すだけだと思うのだが、なにか一つでも切っ掛けがあれば違う未来があったかも知れない。ちなみに、これはＳＦの話ではなく恋愛の話だ。


公園で犬に吠えられへんかったら、もう少しベンチで一緒に座ってられたかも知れん。

神社の境内でその人が狐に憑かれてもうて、二人でその危機を乗り越えていたら。河原に座る二人の視線の先に二羽の鳥が飛んで行ってたら、「まだ見えるで」「私もまだ見えるよ」と互いに言い合えていたら。日が暮れて、もう絶対に見えないはずの鳥を、「まだ見える」と言ってくれてたら。

そんなことを考えても時間は戻ってこない。だけど、思い通りにいかなかったからこそ良いこともある。哀しいことと同じくらい良いこともあるはず。

例えば、その人が好きで聴いていたバンドとか、一時は苦しくて聴かれへんかったけど、完全に叶わん恋やと確定したんなら余裕で聴けるよね。だって、もう関係ないんやから。なにを自意識に囚われて聴かんようにしてたんやろ。そのバンドを聴くと、その人のことを想い出してしんどくなるということの他に、敢えて聴かないという行為に願いみたいなもんを掛けてたんやろ。そのバンドを己が爆音で繰り返し聴いたとて、自分の内面以外に変化なんて起きひんのに。全ての誓いを破棄して、自由な感覚で聴きたい音楽を聴きながら行きたい場所まで歩けるなんて、これ以上の幸福はないで。ほら、イントロが聴こえてきた。ベースとドラムが優しく染みる。ギターが感情をなぞってくれる。歌声が人間の愚かさを肯定してくれる。あー、素晴らしい。最高の時間というのはこれか。誰もおらんって気持ち良い。孤独というのは全てを宿している。本当の意味での自由は大通りを歩きながら、あの人が好きやったバンドを爆音で聴くことやったんやな。ようやく気付けたわ。

母親が漕ぐ子供を乗せた自転車が、歩道を走り難そうにしている姿が視界に入って、なんとか現実に戻ることができた。危うくこことは違う世界に踏み出すところだった。

珈琲の御本尊にはまだ辿り着きそうにない。端っこの席に座れたら、この散歩のことを書くことにしよう。ようやく原稿のことを考えられた。

魂を解放してもいいですか?

人前で唄うのが苦手という設定で生きている。他人の目をごまかすためではなく、自分が唄ったところで盛り上がらないことが分かっているからなのだが、厄介なことに人類はなぜか祭礼でも戦闘でも日常でも歌を唄うことになっている。

悪魔に、「一日、全く歌を聴かずに過ごせたら願いを叶えてやろう。だが、もしも歌を聴いてしまったらおまえの人生から永遠に歌を奪う」と囁かれたなら、「結構です」と即答で断った方がいい。法律で歌が禁止されていて国民の大多数が歌という概念を持たない国で過ごすなど、余程の条件が揃っていなければ悪魔に負けることになる。

朝、目が覚めたら隣家から歌声が聴こえてくるかも知れないし、テレビの電源を入れたら朝のワイドショーで誰かが唄っているかも知れないし、CMで歌が流れているかも知れない。それらの試練を乗り越えて、慎重に家を出たとしても、学校の近くを通ると子供達が唄う校歌が聴こえてくるかも知れないし、駅前の商店のスピーカーから陽気に唄うBG

Mが流れているかも知れないし、ネガティブキャンペーンをやっているのだろうかと疑いたくなるほどスピーカーの質が悪い広告トラックが渋滞に巻き込まれているかも知れない。夜になると路上で誰かが唄っているかも知れないし、唄っている酔っ払いとすれ違うかも知れない。

自分なら朝から大きなヘッドフォンを耳に装着して、爆音で落語を流し続けることで歌から逃れるという作戦を立てるだろうけれど、音楽プレイヤーの充電が切れた瞬間に竿竹屋の「た〜けや〜、さおだけ〜」という声が近所を通過するかも知れない。その全てをなんとかクリアして残り五分となったところで、「悪魔に勝てるぞ」という慢心から気分が高揚してしまい、自分が唄い出すという落ちをつけてしまうかも知れない。落語を二十四時間も聞き続けたら、愚かな失敗を繰り返すことこそ人間の美しさだという魂が呼び起こされてしまい、そんなことも起こり得るだろう。

だから、悪魔の取引には絶対に応じることはないが、これだけ日常に歌が溢れているからこそ、苦手意識があったとしても自分が唄わなければならない状況に陥ることもある。カラオケに集合と誘われたなら、今回は見送るという選択もあるだろうけど、一見、普通の酒場に見えても襖（ふすま）が開くとカラオケが設置されているような店も存在する。ややこしいことにスナックの雰囲気は好きだし、そもそも音楽が好きで人の歌を聴くのも好きだから、「どうぞ唄ってください」と勧められることが人並みにある。

「僕が唄ったところでね、盛り上がらないことは長年の経験で分かっているんですよ。誰もね、僕の歌なんて聴かないんですから」と言い訳して逃げようとすると、「そんなことないですよ。ちゃんと聴きますから唄ってくださいよ！」と煽られ、これ以上断ると雰囲気が悪くなるかも知れないと考えた末に、唄い始めると煽った張本人こそ責任を持って聴いてくれているが、その張本人さえも二番は聴いていない。早く終わらないかなと思いながら、一人で唄い続けることになる。

こんなことを幾度となく経験してきたからこそ、人前で唄うのが苦手という設定で生きてきたわけだし、今後もそうやって生きていくのだが、本当は歌を唄うのがとても好きなのだ。

子供の頃、ブランコを立ち漕ぎしながらアニメソングやフォークソングを歌うのが好きだった。立ち漕ぎをしている間は誰にも聴かれることがない。自分だけの特別な時間だった。

ある日、女の子に「いっつもブランコで唄ってんなぁ」と指摘され、「唄ってへんで」と嘘を吐くと、「唄ってるやん」と追及されたので、「もう唄わへん」と白状した。すると、その女の子は、「なんで？　歌好きなのはいいことやん」と笑った。

私は小学三年生で、女の子は一つ年下の二年生だった。「歌好きなのはいいことやん」という言葉を信じることにした。音楽集会でも一生懸命唄ったし、男子は真面目に参加しないことも多い合唱コンクールでも全力で唄った。だが、思春期を経て自分は歌が下手だと知ってからは、唄うことが好きだという自分を隠すようになった。


それでも、唄うことが好きだという感情が一年に一度くらいの頻度で暴発する。

最近、スナックで他の人達が歌を唄うのを眺めながらお酒を飲んでいた。同席していた知り合いも唄っていたので、自然な流れでスナックのママから私も唄うことを勧められたが、いつものように断った。

夜も更けて、スナックにいた客達は全員帰っていった。嵐の後のように静まり返った店内のカウンターで自分だけが取り残されて飲み続けていた。

「最後に一曲だけ、どうですか？」とママが声を掛けてくれた。私はグラスを置いて、「魂を解放してもいいですか？」とママに聞いた。ママは、「もちろんです」と頷き、マイクを私の前にそっと置いた。

好きなロックバンドの曲をセットして唄い始めると、ママが曲全体の音量を上げてくれた。最初の一音から外していることが自分の耳でも分かる。しかし、これは音程がない魂の世界の話だ。最早、カラオケでもない。ただ叫ぶという儀式のようなものだ。

間奏に入り、横目で店内を見渡すと、いつの間にかママは銀色のアフロのかつらを被り、大きめのサングラスを掛けてマラカスを振っていた。その演出意図は全く理解できなかったが心強かった。一曲を唄い終わり、「ありがとうございました」とお礼を言うと、「まだいけるんじゃないの？」とママは銀色のアフロとサングラスを掛けたままの姿で言った。

そこから立て続けに三曲ほど唄った。途中、ママのマラカスが一本増えたり、部分的にタンバリンに変わったりした。体力の限界を迎えたので、改めてお礼を伝えると、「またいつでも魂解放しに来てください」とママは店を出る私を励ましてくれた。

あの夜のことを振り返ると恥ずかしくてどうしようもない感情になる。しばらくは、スナックにも行けそうにないが、「なんで？　歌好きなのはいいことやん」という言葉を想い出すと少しだけ楽になる。

又吉直樹オフィシャルコミュニティ『月と散文』
二〇二一年八月〜二〇二三年一月
単行本化にあたり大幅に加筆・修正を行いました

月と散文

2023年3月24日　初版発行

著　者…………又吉直樹

発行者…………山下直久

発　行…………株式会社 KADOKAWA

〒102-8177　東京都千代田区富士見2-13-3
TEL 0570-002-301（ナビダイヤル）

印刷・製本……凸版印刷株式会社

【お問い合わせ】
https://www.kadokawa.co.jp/
（「お問い合わせ」へお進みください）
※内容によっては、お答えできない場合があります。
※サポートは日本国内のみとさせていただきます。
※ Japanese text only

Printed in Japan
ISBN978-4-04-897131-7 C0095